녹색 침대가 놓인 갤러리

녹색 침대가 놓인 갤러리

이경미
소설집

산지니

차례

여자는 핀셋으로 붉은 조팝을 집었다. 조심스럽게 힘이 들어간 손이 반지에 붙은 엄지손톱만 한 검은 오닉스 위에서 머뭇거렸다. 오닉스가 아침 햇살을 튕겨냈다. 여자는 햇살이 닿은 부분에 조팝을 살며시 놓고 꽃자리를 잡았다. 그리고 아쉬운 듯 바라보다가 가막살나무꽃이 가득한 화지 위로 눈길을 돌렸다. 욕실 스위치 누르는 소리가 들렸다.

여자는 초점을 잃은 시선으로 가만히 있었다. 숨소리도 들릴 만큼 집 안이 고요했다. 욕실 거울을 뚫어져라 보고 있을 아들이 떠올랐다. 초조했고 조바심 끝에 두려움이 밀려왔으나 붉게 물올림된 가막살꽃 한 송이를 천천히 집어 조팝 옆에 놓았다. 빨강이 과했다. 가막살꽃을 집자 바싹 마른 꽃송이가 집히지 않고 밀려서 조팝과 포개졌다. 핀셋을 자꾸 들이댔다가는 꽃잎이 부서질 것 같았다. 마른 꽃들은 크게 숨이라도 쉬면 날아가거나 없어지고, 미세한 자극에도 상처가 나 부서지곤 했다. 여자는 반지를 들고 기울였다. 꽃들이 팔랑팔랑 화지 위로 떨어졌다.

중얼거리는 소리, 세면대에 물 내려가는 소리, 물소리가 멈추고 다시 웅얼거리는 소리가 들렸다. 똑똑하진 않지만 뻔한 내용에 욕이었다. 여자는 나직이 한숨을 쉬며 작업대로 쓰는 소반을 짚고 일어났다. 아들에게 새벽부터 도매시장으로 출근한 남편과 자신의 모습이 열심히 사는 태도로 보일까 해서 열어둔 방문을 닫았다.

얼마 전 친구로부터 주문받은 반지 작업을 하고 있지만 집중이 안 되고 있었다. 욕실을 들락거리는 아들은 지난밤도 꼴딱 새운 것이 분명했다.

다시 소반 앞에 앉은 여자는 자세를 가다듬듯 크게 호흡을 내뱉고 홍자색이 어리는 갈퀴꽃 한 송이를 연잎 모양의 프레임이 붙은 반지에 대보았다. 물올림된 빛깔도 꽃잎이 마른 모양새도 마음에 들었다. 올봄에 집 앞 천변에서 채집하여 채색 물감을 올리고, 꽃송이를 일일이 잘라서 오 킬로그램이 넘는 무게로 수일간 누른 것이다.

여자는 자신의 손끝에서 나온 것들을 작품이라 생각했다. 언 땅을 알발로 견딘 풀꽃들, 계절마다 한마디로 말할 수 없는 빛깔을 품은 나무껍질이나 잎사귀는 자체만으로도 걸작품이었다. 알음알음으로 주문을 받으니 행여 자신의 손에서 자연이 망가졌다는 소리를 들을까 마음이 쓰였다. 그래도 고를 수 있는 기쁨을 주고 싶어 한 가지 주문이 들어와도 서너 가지 이상 만들곤 했다. 앞으로 벌고 뒤로 밑지니 장사라고 할 수 없지만 시간이 어떻게 가는지 알 수 없어 좋았다.

격한 음성이 방문을 비집고 들려왔다. 욕실을 나온 아들이 입에 담지 못할 험한 소리를 내지르고 제 방문을 세차게 닫았다. 정적이 흘렀다. 여자는 살며시 한숨을 쉬었다. 벌써 몇 시간째인지. 아들은 잠자는 시간 외에 이십 분이 채 안 되는 간격으로 욕실을 들락거렸다. 여자는 자세를 바꾸고 구도가 잡힌 프레임 위에 경화제를 한 방울 떨어뜨렸다. 물방울을 머금은 듯 꽃에 생기가 돌았다. 상처가 나지 않게 천천히 투명한 액체를 펴 발랐다. 꽃의 내구성을 높이고 여러 외부 요인에 견디도록 하기 위해 꽃잎 한 장 한 장을 공들여 발랐다.

아들이 또 욕실로 들어갔다. 쟤가, 십 분도 안 됐는데. 여자는 미간을 좁힌 채 입술이 달싹거렸다. 얼굴에 미열이 올랐다. 소반 위에 반지를 내려놓고 일어났다. 아무래도 반지를 망칠 것만 같았다. 어차피 가게 문도 곧 열어야 하고 아들이 먹을 수 있게 뭐든 해놓아야 했다. 부엌으로 향하던 여자는 열린 욕실 문 앞에서 걸음을 멈췄다. 세면대 위 거울 속에 굳은 표정의 아들이 제 얼굴을 뚫어져라 보고 있었다.

"몸이 어디 안 좋니?"

창백한 낯빛에 불긋불긋한 눈 밑, 군데군데 좁쌀만 한 여드름은 잠만 잘 자도 한결 가라앉을 것이고 마음먹기 따라 아무것도 아닐 수 있었다.

"말 시키지 마. 엄마를 죽일지도 모르니까."

여자는 몸이 떨렸고 목구멍이 얼어붙는 것 같았으나 대수롭잖은 듯 반문했다.

"얘가, 무슨 소리를 하는 거야."

"아, 시발 좆같이. 피부피부피부, 언제 좋아지는데."

아들이 여자의 어깨를 확 밀어붙이며 욕실을 나갔다. 정수기에서 냉수를 받아 벌컥벌컥 마시고는 빈 유리잔을 식탁에 탁, 소리가 나도록 내려놓더니 의자에 털썩 앉았다. 식탁 밑으로 죽 뻗어 있는 털이 부숭부숭한 두 다리를 힐끔 본 여자는 무슨 말이든 해야 함을 느꼈다. 하지만 막막했다.

어머니가 이 지경을 보면 뭐라고 할까. 어린 아들을 안은 어머니가 떠오르자 여자는 가슴이 죄는 듯하고 숨이 막혀왔다. 하지만 자신마저 이성을 잃어선 안 되겠다 싶어 호흡을 가다듬고 나직이 말했다.

"그게 속에서 나오는 거라, 맘이 편하면 차차 없어지는 거야."

"지랄 마, 저주받았어, 저주받은 피부라고."

아들이 두 주먹으로 식탁을 내려치며 말했다. 야! 여자는 외마디 소리가 튀어나왔으나 이성을 잃지 않으려는 안간힘 때문에 눙치듯 맥없이 발음되었다.

"성질난다고 다 부술 거야? 유리 깨지면 어떡하려고."

이럴 때엔 자리를 피하라는 심리상담사의 말이 생각난 여자는 싱크대로 가서 말간 행주를 빨아 짰다. 아들은 어린 티를 갓 벗은 수사자가 으스대듯 현관 신발장에 딸린 거울 앞으로 가 목을 빼고 얼굴을 들이댔다. 땀구멍 하나하나를 볼 참이었다.

토기를 느낀 여자는 싱크대에서 헛구역질을 몇 번 한 뒤 입을 헹구고 곧바로 반지 앞에 앉았다. 원칙대로라면 한자리에서 끝내야 하는 작업이었다. 들었다 놓았다 해서 좋을 게 없으나 어쩔 수 없었다. 이미 손댄 것만이라도 마무리 짓고 일어나야 했다. 아들의 행동으로 봐서 어떤 상황으로 이어질지 모를 일이었다. 표면 장력이 강한 경화제는 방울진 채로 굳으려 했다. 여자는 반지를 고정한 집게를 조심스럽게 돌려가며 다시 맑은 액체를 꽃 위로 펴 발랐다.

얼굴이 이 모양인데 장기라도 팔아서 해줘야 되는 거 아냐? 불평을 늘어놓는 사이사이에 또 육두문자가 들렸다. 여자는 이맛살을 찌푸린 채 떨리는 손으로 작업을 이어갔다. 반지가 흔들리는지 손이 흔들리는지 붓질이 제멋대로 됐다. 더 나은 작품을 위해 최선을 다하려고 여러 날을 미뤘지만 오늘도 맑고 고요한 날은 아니었다.

여자는 겨우 마무리한 반지를 햇볕이 드는 창가에 두고 대파 한 뿌리를 씻었다. 속이 메슥거렸다. 남편이 입맛 없다며 나가버려 끓이다 만 국 냄비에 다시 불을 올렸다. 쿵쿵 발소리를 내며 아들이 제 방과 화장실과 현관을 오갔다. 흙수저로 태어나…… 쓰레기…… 알바 인생…… 토막토막 들리는 소리가 불평 수준을 넘었다.

여자는 식칼을 아들 눈에 띄지 않게 하느라 개수대 안에 도마를 놓고 대파를 썰었다. 모조리 죽이고 싶다고 툭툭 내뱉던 아들의 말투가 예사롭지 않았었다. 파는 썰어지지 않고 찢겼다. 대중없이 칼질된 파를 김이 오르는 국에 던지듯 넣고 가스 불을 껐다. 국물이 바닥에 튀었다. 튄 자리를 걸레로 대강 닦은 여자는 욕실 구석에 그것을 패대기치고 안방에서 집히는 대로 옷을 갈아입었다. 부모라고……. 아들은 여드름도 고쳐주지 못하는데 부모냐는 소리를 하는 중이었다. 제대 후 피부과에 갖다 준 돈이 얼마인지, 지금 쓰고 있는 피부과에서 산 화장품이 몇 가지인지 아랑곳하지 않았다. 피부 문제가 아니었다.

집을 나온 여자는 두 다리가 자꾸 허청대는 것을 느끼며 반듯하게 걸으려고 애를 썼다.

아들의 분노에 맞장구를 칠 수도, 조목조목 원인을 짚어가며 옳고 그름을 가릴 수도 없는 노릇이었다. 생의 비의를 어떻게 입으로 다 풀겠는지. 아들은 제 가슴을 쥐어뜯는 어린 짐승 같았다. 그 분노를 이해할 길 없어 여자는 남편과 함께 육 개월 전에 심리상담사를 찾았다. 전역한 지 일 년이 되어가지만, 군 복무 중 탈영할지 모른다는 전화를 몇 번 걸어온 것도 꺼림칙했다. 상담사는 그동안의 임상경험을 근거로 들면서 원인을 제대로 알기 위해 본인이 꼭 왔으면 좋겠다고 했다.

그날 저녁, 부부는 컴퓨터 게임 중인 아들 옆에서 틈이 나기를 기다렸다가 조심스럽게 말을 꺼냈다. 아들이 그렁그렁한 눈을 부릅뜨며 개소리하지 말라고 고함을 질렀다. 그런 델 내가 왜 가야 하는데! 생각 없는 니들이 가야지. 일그러진 아들의 얼굴을 보며 여자는 진짜 전쟁이 시작됐음을 느꼈고, 한편으론 꿈을 꾸는 중인가 싶어 자꾸 입술을 깨물었다.

문자 알람이 울렸다. 재료상을 들러 오느라 늦겠다는 남편의 문자였다. 여자는 가게에 도착해 청소를 하고 컴퓨터를 켰다. 매장 분위기를 위해 깔아둔 음악 사이트를 클릭했다. 잔잔한 멜로디가 흘러나왔다. 이내 영화 〈마요네즈〉의 OST임을 알았다. '엄마와 딸, 더 이상의 강적은 없다!' 영화 포스터에 박힌 문구 때문에 결혼을 앞둔 여자는 혼자 영화관으로 갔었다. 영화 속 엄마는 딸보다 감성적이고 나약했다. 생소한 모녀의 모습이 영화의 설정 같아서 보는 내내 불편했지만 생전의 엄마가 준 스카프를 목에 감고 애틋한 순간을 기억하는 주인공이 클로즈업되는 결말은 공감이 갔다.

여자가 근 이틀간의 산통 끝에 낳은 아들을 안고 퇴원을 했을 때, 여자의 어머니는 결혼 전 여자와 함께 살던 단칸방을 내놓겠다고 했고, 여기 와야겠다, 선언하듯 말했다. 반대하지 못했던 건 그 영화의 결말에 대한 공감 때문이었다.

제법 큰 안방과 누우면 문턱에 발목이 닿는 작은방 하나, 세탁기로 꽉 차버린 욕실, 싱크대와 잇닿아 있는 2인용 식탁이 전부인 여자의 집으로 거처를 옮긴 어머니는 생기가 넘쳤다. 생기는 아들에게로 오롯이 쏟아졌다. 직접 끊어 온 천 기저귀에 아들의 오줌이 한 방울만 묻어도 삶아 빨았다. 어머니의 손목 인대는 늘어났고 여자가 처음부터 강권했던 일회용 기저귀를 그제야 사용했다. 여자가 할 수 있는 것은 거기까지였다.

더 퍼라, 남자 밥을 그렇게 담는 법이 아니다, 국그릇이 이게 뭐냐, 나물 접시가 작다. 퇴근이 늦은 남편이 식사를 하면 어머니는 아들을 안고 나와 식탁을 둘러보며 지적했고 남편 옆에 앉아 아들과의 일과를 소상히 나열했다. 어머니로서는 밥만 축내지 않는다는 뜻인지 모르겠지만, 하루를 회상하는 얼굴에 번지는 웃음과 조곤조곤한 말씨가 더없이 행복해 보였다. 여자는 어머니의 낯선 모습이 흐뭇하면서도 자신이 남편에게 해줄 말이 점점 없어지고 있다는 생각을 했다.

그러던 어느 날, 티비 앞으로 기어가는 아들을 본 남편이 와, 이제 잘 기네요, 하고 감탄사를 터트렸다. 어머니가 힘이 잔뜩 실린 음성으로 대답했다. 자네는 하루만 보면 넘어갈걸. 남편이 함빡 웃으며 고맙습니다! 하고 아들을 안았다. 눈을 동그랗게 뜬 아들이 남편을 쳐다보았다. 귀엽다는 듯 쪽, 소리가 나게 아들의 볼에 입을 맞춘 남편이 비행기 태우는 놀이를 하기 위해 자세를 잡았다. 아서라, 아서! 어머니가 황급히 남편의 다리에 앉은 아들을 안았다. 멀뚱멀뚱한 눈으로 어머니와 남편을 번갈아 보던 아들이 목젖이 보이도록 울었다. 당황한 남편이 두 팔을 내밀며 말했다. 그래, 아빠가 해줄게. 어머니가 노기 어린 얼굴로 아들을 꼭 안았다. 아기라도 알 건 다 안다, 저를 편하게 해줘야 좋아하는데 불편하니 울지. 몸을 돌린 어머니가 안방으로 가며 말했다. 금방 낳았을 때도 안아보라고 줬더니 답삭 안질 못하더니만. 얘는 기질이 아주 고운 애야, 잘 다뤄야 해. 내가 잘 키울 테니 자네는 돈이나 많이 벌게. 어머니는 아들을 들까불거렸다. 어유, 내 새끼, 이쁜, 내 새끼. 너는 높은 사람 돼서 진짜 비행기 타고 오대양 육대주를 누비거라아. 사랑스러워서 어쩔 줄을 모르는 음성에 까르르 아들의 웃음소리가 터졌다.

그때부터 잘못된 거라고 여자는 휴대폰을 집어 들며 생각했다. 벨이 울리고 있었다. 철물점 노인이었다. 아픈 짐승을 두고 나오듯 께름칙한 기분으로 집을 나왔는데, 기어이 아들이 뭔 일을 저지른 모양이었다.

"입구에 공동 현관문이 깨졌는데 혹시 알아요?"

노인의 목소리는 평소와 다를 바 없이 차분했다. 사 남매를 모두 출가시킨 노인은 일층에서 아내와 소일거리로 철물점을 운영하는데 바로 위층이 아들 방이었다. 여자는 얼버무리듯 대답했다.

"제가 나올 때는 멀쩡했는데요."

"박살이 나 있네."

분을 못 이겨 주먹으로 식탁을 내리치던 아들이 떠올랐다. 하지만 공공기물을 구분하지 못할 정도로 아들이 이성을 잃은 건 아니라고 믿고 싶었다.

여자는 CCTV를 한번 봐야겠다고 말하고 전화를 끊었다. 윈도 너머 텅 빈 인도가 햇살에 하얗게 빛났다. 주변에 대형 쇼핑몰이 몇 군데 생기고부터 행인이 뜸했다. 도로 건너편에 노인 몇 명이 약국으로 들어가고 있었다.

아들이 공동 현관문을 박살 냈다면 철물점에서 종일 장기 두는 노인들로 소문이 퍼지느라 동네가 들썩일 것이었다. 여자는 고개도 못 들고 철물점 앞을 지나는 자신을 떠올렸다. 하지만 여자를 짓누르는 실체는 딴 데 있었다. 사회 부적응자들의 시작이 이런 식이 아닐까, 이러다가 경찰서를, 경찰서에서 교도소를…… 꼬리를 물고 떠오르는 건 어디선가 본 사건 사고 장면들이었다. 여자의 입에서 끙, 앓는 소리가 터졌다.

아들의 태도가 변하고부터 여자는 사회로부터 지탄의 대상이 된 심리 유형에 관심이 갔다. 끔찍한 살인을 저지른 사람 중에는 평범하고 좋은 환경, 말하자면 특이한 문제가 없는 부모 밑에서 자란 경우도 허다하다는 사실에 경악을 금치 못했다.

사흘이 멀다고 술 냄새를 풍기며 어머니를 구타한 아버지의 기억 때문에 여자는 최상의 환경을 아들에게 만들어주고자 나름대로 고민하고 노력했다. '내 아이 어떻게 키울까', '영재로 키우는 창조적 놀이', '사춘기 공부' 등 양육에 관련된 서적들을 아들의 성장 시기에 맞춰 읽었으며 무엇보다 아이의 활동 영역을 넓히기 위해 예체능과 창의 학습에 관련해 아이에게 좋다 싶은 것은 해주었고 반응이 아니다 싶으면 선뜻 방향을 바꿔주었다. 그랬기에 아이가 관심을 보이는 교구나 프로그램이면 지출이 과해도 과한 줄 몰랐다. 그로 인해 남편과 언성이 높아진 적도 있었지만 큰소리가 나면 여자가 먼저 침묵했다. 말하자면 여자는 자신이 겪었던 어린 시절이 아들에게 미치지 않도록 하느라, 제 아버지를 닮아 자식도 어미 괄시한다는 말이 어머니의 입에서 나오지 않도록 하느라 마음을 놓지 못했다. 하지만 이십 대를 갓 넘긴 아들이 언제부터 나한테 신경 썼다고, 도대체 해준 게 뭔데, 시바, 돈도 못 버는 주제에! 했을 때, 여자는 아이 앞에서 그때그때 떨어지던 어머니의 음성이 생생했다. 훈육을 감당하려는 젊은 부부의 입을 다물게 한 음성.

그런 것 벌써 가르치지 않아도 때 되면 다 안다. 애가 얼마를 살았다고 그런 걸 가르치려 드느냐. 어린 것한테 얼굴을 붉히다니. 걔도 눈치가 빤한데 니들이 잘해야지. 애가 알면 얼마나 안다고. 내가 보는 데서 애 혼내지 마라. 자식 중한 줄 모르는 게 인간이냐. 함부로 애한테 말하지 마라. 하나 있는 아들한테 못 해줄 게 뭐가 있냐.

남편이 매를 들고 아들 방에 들어간 그날도 그랬다. 울며 뭐라고 웅얼거리는 아들의 목소리에 방문 손잡이를 두 손으로 붙들고 있던 어머니가 고함을 질렀다. 열어라, 문 열어! 너들 하는 짓이 돼먹지 않아도 유분수지, 걔가 다 살았어? 왜 방에 가둬놓고 소 잡듯 하냐. 그러나 이번만은 가만히 계시라고 미리 어머니에게 자초지종을 얘기했기에 남편은 못 들은 듯 아이에게 더욱 언성을 높였다. 어머니는 더 큰소리로 노발대발했다. 니들, 여태껏 산 니들은 뭐 잘한 거 있냐, 내가 말을 안 해서 그렇지, 나 방한 칸 준 것밖에 더 있어? 내가 걔를 어떻게 키웠는데, 먹이고 입혔다고 부모 줄 알아? 짐승도 그 정도는 해. 빨리, 애 안 내보내? 어머니는 목소리가 갈라지도록 소리치며 방문 손잡이를 흔들었다. 여자가 옆에서 애 안 잡으니 걱정 말라고 했으나 소용이 없었다. 방문이 열렸다. 두 팔을 벌린 어머니가 한달음에 들어기 구출하듯 열세 살 아들을 껴안았다. '오대양 육대주'가 어머니 입에서 여지없이 나왔고 자신의 방으로 아들을 데리고 가서 눕혀 놓고 몸을 주물러주었다. 아들이 어릴 적부터 힘든 기색만 보여도 그래왔기에 당연한 수순이었다. 여자는 지금 저러는 건 아닌데 싶었지만 현관으로 가는 남편에게 어쩌겠냐고, 우리가 이해할 수밖에, 하며 바람이라도 쐬고 오라고 문을 열어주었다. 그리고 어머니의 방문에 귀를 댔다. 아들이 어머니에게 무슨 말을 할지 궁금했다. 니 애비처럼 그릇이 작아선 안 된다. 방 안에서 들려오는 소리에 여자는 방문을 벌컥 열었고 애한테 할 소리냐고 고함을 질렀지만 이내 눈을 내리뜨고 방을 나왔다. 반쯤 몸을 일으킨 아들의 동그란 눈과 어머니의 벌어진 입을 보자 아들이 무엇을 더 볼 것이며, 어머니의 입에서 어떤 말이 나올지 두려웠기 때문이었다. 여자는 아들을 어머니와 한방에 재운 지난날을 후회했다.

매장 안으로 불쑥 전단지 몇 장이 날아들었다. 빨갛고 파란 글씨로 일수, 달돈이 박힌 그것을 남편 몰래 지갑에 넣어둔 적이 있었다. 어머니가 유난히 오래가는 감기로 입원하는 바람에 유방암이 걸렸다는 사실을 알고서였다. 암은 다행히 초기였다. 얼마간 치료를 받고 증세가 호전

된 어머니는 감기를 이긴 사실에 경도되었는지 그럴 리가 없다고 퇴원을 원했다. 의사는 좀 더 두고 보자며 퇴원을 말렸고 여자도 충분한 회복을 들먹이며 그러자고 달랬다. 어머니는 주변 환자들에게서 귀동냥한 암에 좋다는 것을 먹게 해주든지, 퇴원을 시켜주든지! 하며, 쩌렁한 음성으로 으름장을 놓았다. 의사는 병원의 지시에 전적으로 따라야 한다고 일침을 주었으나 병원에서 병을 키우겠다며 어머니는 의사의 말을 가로막았다. 그 모습에 여자도 의사도 두 손을 들었다. 이듬해에 고등학생이 되는 아들도 신경 쓰였지만 여자는 근 일 년 반 동안 암에 좋다는 것을 달여서 날랐다. 어머니의 얼굴에 화색이 돌고 몸이 좋아지는가 싶었다. 하지만 가을볕이 한풀 꺾이는가 싶은 그날, 어머니는 감은 눈을 뜨지 못했다. 아들의 늘어난 과외비와 병원비로 사채를 쓰기 직전이었다.

여자는 망연한 표정으로 윈도 밖을 보다가 전단지를 쓰레기통에 넣었다.

매장 안으로 중년 여인이 들어섰다. 진열대를 한 바퀴 둘러보더니 밖으로 나갔다. 어느새 오후 두 시가 넘어가고 있었다. 가게를 접긴 접어야 할 때가 왔나. 여자는 휑한 인도를 바라보며 생각했다. 휴대폰이 울렸다. 아들이었다.

"입구에 유리, 시바 슬쩍 찼는데 깨지네. 누가 전화 오면 물어준다고 해. 유리 같은 거 끼워주면 되잖아."

"너, 어쩌자고 그런 짓을."

"내 돈으로 할 테니 걱정 마라."

아들은 제 말만 하고 전화를 끊었다. 일주일에 세 번, 하루 네 시간 근무하는 자리를 얼마 전에 구해 큰소리였다. 아르바이트로 몇 푼 번다고. 여자는 혼잣말을 하며 주먹으로 명치를 눌렀다.

가게 뒷문으로 남편이 들어섰다. 안고 온 박스에서 신상품 가방들을 꺼냈다. 여자는 물건을 정리하는 남편에게 전화받은 내용을 말했다.

"제가 알아서 하라고 해."

남편이 이마에 맺힌 땀을 닦으며 일없다는 투로 대답했다.

"제 놈이 직접 해봐야 욱 한번 잘못하면 어찌 되는지, 돈이 얼마나 중한지, 알지."

여자의 얼굴에 짙은 그늘이 번졌다. 남편과 아들 사이가 더 멀어질까, 또다시 걷잡을 수 없는 상황이 몰려올까 두려웠다.

고등학교를 막 졸업한 아들이 친구와 서울로 간 그해

봄, 부부는 무작정 떠난 아들을 만나기 위해 네 시간 반을 자동차로 달렸다. 도착하니 저녁 먹을 시간이었다. 아들과 신촌의 한 고깃집으로 갔다. 석 달 만에 마주한 자리였다. 남편은 집에서 하던 대로 삼겹살을 구웠고 간간이 맥주를 한 모금 했다. 아들이 너무 힘들다고 했다. 혼자서 밥해 먹고 개 쌍욕 들으면서 일하며 산다고, 누구보다 외롭고 피곤하다고 투덜거렸다. 여자는 익은 고기를 아들의 앞접시에 놓으며 달래듯 말했다. 어쩌겠니. 누구나 외롭긴 마찬가지야, 이겨내야 안 되겠니. 아들이 얼굴을 찡그렸다. 시발, 부모 잘못 만나 인생 족쳤는데, 이길 힘이 어디 있냐, 돈이나 달라고. 남편이 불쾌한 얼굴로 아들을 봤다. 내가 왜 너한테 돈을 줘야 하는데. 자식을 싸질렀으면 책임을 져야 하잖아. 남편이 손바닥으로 아들의 얼굴을 쳤다. 네가 내 자식이냐. 아들이 벌떡 일어나 맥주병을 테이블 모서리에 내려쳤다. 남편이 허방을 딛듯 기우뚱하며 일어섰다. 그리고 테이블 옆에 열려 있는 문밖으로 나가며 말했다. 그래, 짜식아, 한번 해봐라. 깨진 맥주병을 거머쥐고 남편의 뒤를 따라 밖으로 나가는 아들을 여자가 붙들었다. 아들이 여자를 밀쳤다. 비키라고. 여자가 소리쳤다. 말려주세요. 다가온 주인 남자가 아들을 붙들고, 앞치마를 한 청년이 아들의 손에 있는 것을 빼

앗았다. 아들은 그들을 밀치고 나가 남편의 얼굴을 주먹으로 쳤다. 외마디 비명이 여자의 입에서 터졌고 남편이 힘없이 나가떨어졌다. 여자는 아버지한테 이러면 안 된다고 아들의 팔을 잡다가 남편을 흔들어 깨웠다. 아들이 씩씩대며 내려다보더니 돌아섰다. 그날 밤, 셋은 노천카페에 다시 앉았지만 이내 일어나 아들은 자취방으로 가고 여자와 남편은 찜질방으로 갔다.

가방을 진열하던 남편이 돌아봤다. 이마에 힘줄이 돋쳐 있었다.

"지 잘못은 하나 없고 다 부모 탓, 세상 탓이잖아. 그런 자식한테 뭘 더 어떻게 해."

여자는 굳은 얼굴로 윈도 밖을 바라봤다. 남편은 무슨 말인가 더 하려는 듯한 표정이더니 집에 가보라고 했다. 혼자 있는 아들이 걱정되는 모양이었다. 여자는 말없이 가게를 나왔다. 남편의 말이 틀린 것은 아니었다. 하지만 아들인들 그러고 싶어 그런 것은 아닐 것이었다. 어쩌다가 이 지경까지 왔는지. 소용돌이에 휘말린 듯 여자는 어지러웠고 속이 매슥거렸다. 어깨에 멘 가방이 흘러내려 바닥에 닿을 듯 건들거렸으나 앞만 보고 걸었다. 집으로 가는 골목을 가로질러 하천 쪽으로 향했다. 아들이 군대 있는 동안 명치가 뻐근할 때마다 걸었던 길이었다. 산책로를 따라 꽃길이 조성된 천변에서 채집할 꽃과 풀이 눈에 띄면 마음이 그나마 수습되곤 했다.

수풀 속에 여린 야생화들이 앙증맞게 한들거렸다. 틈새에 민들레와 엉겅퀴가 우부룩했다. 꽃보다 잎사귀에 눈길이 갔다. 새의 깃이 찢긴 듯 가늘고 기다란 잎, 결각이 깊은 그것을 지그시 움켜쥐었다. 부드러운 촉감이 감겨오는 순간 손에 불이 붙은 듯 화끈했다. 언젠가 다듬은 꽃들을 누름 작업하고 있는데 아들이 말했다. 내가 콱 눌러졌으면 좋겠네, 흔적도 안 남게.

여자는 불현듯 심리상담사에게 전화를 걸었다. 아들이 어떻게 그런 말을 아무렇지도 않게 여자에게 할 수 있는지 전문가의 말을 듣고 싶었다. 몇 번의 통화음이 있은 뒤 연결된 상담사는 단번에 여자를 알았다. 여자의 얘기를 한동안 듣더니 부드러우면서도 또렷한 음성으로 대답했다.

아들이 자존심 때문에 말은 안 하지만 학교나 서울에서 피할 수 없는 참혹한 일을 겪었던 것 같다. 그로 인해 부대에서도 힘들었을 것이다. 그러나 그런 일을 겪었다고 모두 이렇지는 않다고 했다. 양육에서 조모로 인해 삼자의 위치로 밀려버린 부모가 아들 입장에서는 문제 부모로 보일 수 있다. 그래서 부모에게 자신을 투사, 방어하고

누름꽃

27

부정하는 것으로 보인다. 이 모든 것은 서로 연결되어 있어서 얼굴 여드름 집착도 왜곡된 자기 사랑이니 만큼 자기 부정의 한 형태로 부모에게 투사하는 것이다. 애착형성 과정인 유아기 때 조모로부터 '오대양 육대주', '큰 그릇' 등이 설명 없이 주입되다 보니 현실과 계속되는 괴리를 그때그때 능동적으로 해결하지 못했고 그게 쌓여서 나타난 현상이다. 여자 역시 부모 적응에 장애가 유발된 것이기에 혼란스러웠을 것이라고 했다. 말하자면 정서적 유대가 형성되는 영유아 시기에 부모와 안정적인 관계를 형성하지 못한 점이 아들의 퇴행에 근본 원인이라 볼 수 있어요. 상담사는 막힘없이 설명을 풀어냈다.

여자는 퇴행, 근본 원인이란 말에 과일 접시나 한 끼 식사가 담긴 쟁반을 들고 키보드 소리가 요란한 아들 방에 들어가는 어머니를 떠올렸다. 게임에 열중한 아들의 입에 먹을 것을 넣어 주는 것이 어머니의 유일한 낙이었다. 코밑이 거뭇한 녀석이 대놓고 하는 막말에도 에그 자식도, 그 한마디로 넘어가는 것이 어머니의 사랑이었다. 아들에 대한 어머니의 무조건적 용납이 여자 눈에도 문제로 보이긴 했다. 그래도 아들이 행복하게 크면 그만이지 않은가? 하지만 나중에 다 자라서 문제로 불거지면 어쩌지? 이런 이중적인 생각에 사로잡힌 적이 적지 않았지만 그게 어떤 문제로 불거질지 알 도리가 없었다.

전화를 끊은 여자는 엉겅퀴 꽃송어리를 틀어쥐었다. 뜨끔한 통증이 손바닥을 통해 온몸으로 번졌다. 역한 풀냄새가 코를 찔렀고 입안에 흙이 으적거렸다. 움켜쥔 손끝에 애기똥풀이 한들거렸다. 순연한 빛깔과 여리여리한 모양이 저무는 햇살에 도드라져 보였다. 초등학생인 아들과 과제물로 채집할 때 보지 못했던 풍경이었다. 엄마의 지극한 사랑, 몰래 주는 사랑이라고 공책에 꽃말을 꼭꼭 눌러쓰던 아들과의 한때가 아득하게 느껴졌다.

여자는 감각 없는 두 손을 비볐다. 비비면서 하늘을 향해 고개를 들었다. 눈가가 반짝했다.

방사형으로 금이 간 빌라 입구의 유리 문은 손만 닿아도 왕창 내려앉을 것 같았다. 다행히 유리면 바깥쪽 쇠창살이 소용돌이 모양으로 촘촘했다. 여자는 허리를 굽혀 문 안팎으로 떨어진 파편들을 발로 벽 쪽에 대강 모은 뒤 계단을 올라갔다.

집 안은 고요했다. 방문은 모두 닫혀 있고 식탁도 나올 때 그대로였다. 여자는 연이어 들려오는 키보드 소리, 폭탄 터지는 기계음을 아들 방문 앞에서 잠시 듣다가 노크를 하려는 순간 애기똥풀과 엉겅퀴를 쥐고 있음을 알았다. 천변을 나오다가 지는 햇살에 광택이 나 보이는 둥그런 꽃잎이 눈에 어른거려 꺾어 왔다. 꺾다 보니 제법 되었다. 벌써 시들하여 널찍한 병에 물을 받아 안방으로 가서 담그고 아들 방문을 두드렸다. 기척이 없었다. 다시 방문을 몇 번 두드리고는 열었다. 커튼이 내려진 방 안은 후끈했다. 웃통을 벗은 채 꾸부정한 자세로 모니터를 보고 있는 아들에게 여자가 말했다.

"현관 앞에 유리 조각이 많던데 좀 쓸어야겠다."

"쓸어라."

"아니, 네가 쓸어."

여자가 단호한 목소리로 말했다. 아니, 쓸어라. 아들이 대답했다. 여자가 다시 말했다. 네가 쓸어. 컴퓨터 화면에 시선을 고정한 아들이 방해 말라며 꽥, 소리를 질렀다.

대놓고 여자에게 욕을 하기 전이었다면, 어머니가 여자에게 그랬듯이 아들의 입을 뻥긋 못하도록 여자도 할 수 있었다. 따귀를 걷어붙여서라도, 천변에라도 나가 뛰라고 등짝을 후려쳐 쫓아내는 건 아무것도 아니었을 것이다. 여자는 아들의 뒤통수를 보며 소리 없는 한숨을 뱉고 방을 나왔다. 문을 열어두고 싶지만 곧바로 닫힐 게 빤해 조용히 닫고 안방으로 갔다. 아침에 만든 반지를 확인하고 맥이 풀린 손으로 반지 알을 매만졌다. 골몰하며 구도를 잡은 꽃송이가 틀어져 보기 싫었다. 언뜻 보면 모를 정도였으나 여자는 그 부분만 보았다. 이 작은 세계조차 마음먹은 대로 되지 않는다고 생각하며 손가락에 반지를 꼈다. 들고 봤을 때와 달랐다. 한결 자연스럽게 보였다. 결과물을 완벽히 예측할 수도, 똑같이 표현할 수도 없는 자연에서 얻었기 때문이라 생각하며 마음이 조금 누그러진 여자는 반지를 낀 채 꽃잎이 오므라들어 새들한 애기똥풀을 다듬기 시작했다.

　네 장의 노란 꽃잎을 안은 꽃받침과 꽃자루, 잎사귀를 분리했다. 오전 열 시경에 하는 채집이 가장 신선하고 예쁜 꽃을 얻지만 꽃은 매 순간이 꽃인 거야, 라고 자위하며 핀셋으로 꽃송이를 조심스레 집었다. 날깃날깃한 꽃잎이 찢어질 듯했다. 애가 탄 듯 여자는 한 손으로 살짝 집어서 다른 손바닥에 올리고 모양을 잡았다. 하얀 화지를 깐 건조 매트 위에 모양대로 꽃잎을 놓았다. 꽃잎 사이에 빽빽하던 수술이 쏟아지듯 흩어졌다. 여자는 핀셋으로 일일이 그것들을 겹치지 않게 배열하고 꽃송이와 줄기, 잎도 빼곡히 놓은 뒤 하얀 화지를 덮었다. 그 위에 건조 매트를 놓고 다시 화지를 깔고 꽃들을 다듬어 촘촘하게 분류해 놓기를 반복했다. 지난한 동작이었다. 작업 때마다 느끼듯이 누르고 눌러온 자신의 가슴과 다를 바 없는 형국이었다. 불쑥불쑥 어머니를 구타하고 느닷없이 사라지기를 반복하다가 어느 날 영원히 사라진 아버지. 그 아버지의 부재를 한탄하다가 여자 때문이라는 듯 '딸로 태어나서는'을 반복하며 돌아눕던 어머니. 아들과 어머니 사이에서 켜켜이 눌러진 순간들. 지금 그 모두가 손끝의 꽃이었다. 이내 흩어지고 시들어버리는 생화의 덧없음을 제거하고 살아 있을 때의 색과 모양을 반영구적으로 드러내는 작업은 매번 다음이 기대되었다. 자신의 손에서 눌러진 꽃들이 무엇으로 어떻게 제 모양을 다시 드러낼지 설레고 궁금했다. 그러기에 액세서리나 생활 소품과 빚어져 완성되는 과정이 고달프기도 했지만 소중했다.

여자는 문득 남편이 올 시간이 지났음을 알았다. 자정이 지나고 있었다. 평소 같으면 벌써 연락이 와도 몇 번은 왔을 시간이었다. 여자는 문자와 전화를 연이어 했다. 반응이 없었다. 초조했다. 어디? 여자는 다시 남편에게 문자를 보냈다.

이러는 건 아니라고, 아들의 태도를 짚어줘야 할 사람은 남편이었다. 남편은 그 사실을 아는지 모르는지 전화조차 받지 않았다. 자신의 역할을 피할 모양이었다. 언제부턴가 머리 아픈 일은 피하고 보는 것 같았다. 가게 창고에 뒀던 낚시 장비를 들고 떠나는 게 상책이겠지. 머리 좀 식히고 올게, 하고 말을 안 한 것뿐이었다. 밤바다가 그렇게 좋다나 뭐라나. 하지만 오늘 같은 날 아들과 자신을 팽개치고 쏙 빠져버리는 남편의 태도가 아들 못지않게 이해하기 어려웠다.

재빠르게 두드리는 키보드 소리가 신경을 건드렸다. 여자는 서둘러 남은 꽃들을 건조 매트에 앉히고 마지막 매트 위에 압착판을 올려 벨트로 힘껏 조인 다음 비닐로 밀봉하고 무거운 책을 올려 무게를 더했다. 아들 방에서 들려오는 기계적인 폭탄과 총알 소리를 뒤로하고 현관을 나왔다. 빌라 입구의 유리문이 흉물스럽게 번쩍였다. 빌라 주민들의 원성을 사기 전에 수리를 해야 하지만 아들의 무책임한 태도를 어쩔 것인지. 남편은 어쩌자고 안 나타나는지. 여자는 발밑에서 부서지는 유리 조각 소리에 이맛살을 찌푸리며 골목으로 나왔다. 맞은편 원룸 건물 창이 드문드문 환했다. 세상의 어둠에서 안온하게 보호받고 있는 불빛 같았다. 아들 방 창문에서도 더없이 정갈하고 다정한 불빛이 흘러나왔다. 전역하고 온 아들이 빨리 안정을 찾으려면 방 분위기라도 바꿔줘야 할 것 같았다. 자신과 달리 자유로운 영혼이길 바라며 여자는 연초록빛 블라인드를 골랐다. 하지만 아들은 이게 커튼이냐, 시바 눈이 그대로 부시는데, 하며 게임에 방해된다고 불평했다.

　여자는 휑한 도로를 가로질러 계단을 내려갔다. 가로
등에 어린 빛이 물길을 열 듯 까만 냇물 군데군데가 반짝
이며 흘렀다. 발길 닿는 대로 어디든, 이라고 했지만 고작
여기였다. 인적이 없는 길은 남편과 나란히 걷던 때와 달
리 보였다. 한쪽은 둔덕이 깊어 외지고 반대편 천변엔 키
큰 풀들이 짙은 그늘을 만들었다. 여자는 문득 계속 가야
하나 싶었다. 마을을 몇 개 지나면 산골짝에 닿는다고 어
디선가 들었다. 내친김이었다. 천천히 발걸음을 옮겼다.
건너편 둔덕 위로 자동차 불빛들이 나타났다 사라졌다.
어딘가로 이동하는 불빛을 보고 있자니 세상이 자신을
따돌리느라 사라지는 것 같았다.

　몇 걸음 앞에서 뭔가 반짝 빛을 발했다. 여자는 멈칫하
는 순간 괴한이 휘두른 둔기에 쓰러지는 상상을 했다. 자
신의 죽음에 눈이라도 깜박일 사람이 있는지 떠올려보았
다. 아들도 남편도 각각 살길을 찾아가면 그뿐이라는 사
실만 명징했다.

　"어디 가."

　남편의 목소리가 느닷없이 들려왔다. 여자는 두리번거
리다가 우람한 나무 아래에 시선이 멈췄다. 먹지로 눌린
듯 얼굴 윤곽만 보였다. 맥주 캔이 반짝, 빛을 발했다.

"뭐 해."

"그냥."

여자는 남편의 대답에 무슨 말을 해야 할지 몰라 묵묵히 벤치로 가서 남편 옆에 앉았다. 머릿속이 복잡했다. 맥주를 들이켠 남편이 참았던 숨을 토하듯 입을 열었다.

"이렇게 살아야 하냐."

여자가 하고 싶었던 말이었다.

"내용증명이 또 날아왔어."

남편은 힘없는 목소리로 말을 이었다. 생각 밖의 일은 아니지만 기가 막혔다. 가게 인테리어를 다시 한 지 이 년이 채 안 됐는데 건물주가 건물 노후를 들먹이며 신축한다고 나가달라는 문서를 보내왔다, 팔 개월 전에. 불편사항이 없다는 답변을 바로 보냈지만 얼마 뒤 법원에서 두툼한 봉투가 날아왔다. 명시된 날짜까지 가게를 비우지 않으면 소송비용까지 부담해야 한다는 내용이 덧붙여있었다. 여태 버텨왔던 세월이 한순간에 휘발될 수 있겠다는 생각이 들었다.

"이렇게 사는 것도 하루 이틀이지. 더 이상 어찌해볼 방도가 없네, 집이고 가게고 다 끝내고 싶다."

여자는 몸이 어디론가 떠가는 듯 어지러웠다. 다 헤어지자. 우리 흙수저 맞고, 지 맘대로 하라고 해. 끝내자. 당신도 할 말 다 하고, 언제까지 참고 살 거야. 남편은 격앙된 음성으로 말을 쏟아냈다. 여자는 서울에서 본 남편과 아들의 모습이 떠올라 심장이 쾅당쾅당 뛰었다. 천변 건너편 가로등 빛이 가물가물하다 사라지고 가물가물하다 사라지기를 반복했다. 얼굴이 달아올랐다. 여자는 벤치에서 일어나 걸음을 옮겼다. 남편이 터벅터벅 걷는 여자의 뒷모습을 보다가 슬그머니 일어났다. 부부는 각자 힘없이 집 쪽으로 걸었다.

골목으로 새어 나온 불빛에 여자가 걸음을 멈췄다. 뒤따라오던 남편도 섰다. 아들이 빌라 현관을 쓸고 있었다. 둥그런 등허리가 발가숭이 적 아들의 순한 몸이었다. 여자는 콧등이 시큰했다. 사금파리 같은 파편을 쓸고 있는 아들의 등이 노란 애기똥풀 꽃잎처럼 둥글었다. 뱃속에서도 저렇게 둥글었겠지. 아들이 뱃속에 웅크리고 있던 그때 툭, 툭, 발질하다 잠잠하던 몸짓이 오롯했다. 어머니는 아들의 태몽을 꾸었다고 장황하게 설명했었다. 하지만 하루 반의 산통은 아들과 여자의 몫이었다. 현관 센서 등이 꺼졌다. 사악사악. 아들의 비질 소리가 일정하게 들려왔다. 저 꽃잎이 어디서 짓눌렸는지, 그을렸는지, 비바람에 휘어졌는지. 못마땅한 표정으로 거울을 들여다보는 아들의 얼굴이 떠올랐다. 센서 등이 켜졌다. 아들의 얼굴 위로 어머니를 응시하는 여자의 얼굴이 겹쳐졌다 사라졌다. 습관처럼 여자의 얼굴에 미열이 올랐다. 뺨을 만졌다. 손가락에 낀 반지가 느껴졌다. 오닉스 위에 꽃송이가 선연한 붉은빛을 발했다. 단단하게 굳은 경화제의 촉감이 매끄러웠다. 센서 등이 꺼졌다. 따지고 보면 어머니의 삶이 지금 원망의 빌미가 될 수 없었다. 남편은 그 사실을 아는지 모르는지 어머니를 원망한 적이 없었다. 한 줄기 온기가 가슴에 흘러드는 듯했다. 여자가 반지 낀 손으로 남편의 팔을 잡았다. 언젠가 처연히 엄마, 하고 부를 아들을 기대하며 환한 쪽으로 걸었다.

녹색 침대가 놓인
갤러리

언덕 아래에 있는 갤러리들을 모두 돌아봤지만 여자를 찾을 수 없었다. 여자가 실존 인물이 아닐 수도 있다는 생각이 들었다. 안의 상상력이 의외로 치밀하다면 말이다. 하지만 사실은, 사실은 하며 여자에 대해 입을 열던 안의 표정을 생각하면 그냥 돌아서기엔 개운치 않았다. 안은 여자보다 한참 어렸다. 여자는 새파란 청춘인 안을 거머쥐고 쥐락펴락하는 것 같았다. 여자가 궁금했다. 그것은 오래전부터 가슴 밑바닥에 고여 있던 의문과 잇닿아 있었다.

어머니 홀로 나를 책임지고 있다는 것을 알게 되면서부터 어머니와 아버지 사이를 눈치챘고, 멀리 돈 벌러 가셨단다, 하는 어머니의 표정에서 아버지의 부재에 대한 의문을 더 가져봐야 좋을 게 없다는 것을 느꼈었다.

아버지는 자신보다 세 살 어린 어머니를 두고 열여섯

살 많은 이혼녀와 평생 함께했다. 아버지에게 어머니와 내가 무엇인지 생각하다 보면 분노가 일었지만 시간이 지날수록 아버지가 선택한 삶이 궁금했다. 하지만 어머니에게서 더 이상 어떤 이야기도 들을 수 없었다. 아버지에 대한 의문이 쌓였으나 입 밖에 내지 않았다. 그리고 존재가 부재보다 나을 것이 없다는 것을 알면서 아버지는 나에게 '그 사람'으로 불렸다.

언덕 위쪽으로 난 도로를 따라 차를 몰았다. 차창으로 미지근한 바람이 불어왔다. 바다 쪽으로 조성된 공원 숲 위로 오각형인 정자 지붕이 햇살에 반짝였다. 구불거리며 올라가는 동안 한쪽은 바다가 내려다보이고 한쪽은 카페들이 즐비해 이름난 휴양지다웠다. 한참을 더 올라 한적한 평지를 지나자 문득 낭떠러지인가 싶었는데 왼쪽으로 길이 나 있었다. 몇 번이나 왔지만 즐비한 갤러리와 카페 위쪽으로 이런 길이 있는 줄은 몰랐다. 차체가 심하게 흔들리는 비포장길을 제법 달렸나. 승용차 한 대가 겨우 지나갈 정도인 골목을 통과하며 길이 넓어지더니 잘 가꾼 화초와 정원수가 어우러진 단층 건물이 드문드문 보였다. 이내 고즈넉한 풍경이 끊기고 먼지가 솟구치는 오르막이 길게 이어졌다.

멀리 산자락 아래 하얀 건물이 눈에 띄었다. 액셀러레이터를 힘주어 밟자 반듯한 삼층 건물이 순식간에 다가왔다. 일층이 커피 전문점, 건물 귀퉁이에 이층으로 가는 아치형 입구가 보였다. 안의 말대로 아치 위에 '해연 갤러리' 영문 흘림체가 보였고 이국적이었다. 계단 옆 화분에 파르스름한 수국이 바람에 일렁였다. 수국 차를 마시는 어머니가 떠올라 잠시 바라보다 계단을 올라갔다.

갤러리 내부는 천장과 벽, 바닥이 모두 회백색이고 서른 평쯤 돼 보였다. 안내 데스크 위에 스테인리스 조형물 하나가 놓였을 뿐, 일체의 장식이 배제된 공간 같았다. 건너편 그림 사이에서 여자가 불쑥 나왔다. 자그마한 키에 가녀린 체구, 쌍꺼풀 없는 눈이지만 눈매가 또렷했다. 어서 오세요. 여자가 웃음을 살짝 머금고 고개를 까닥했다. 체구에 걸맞지 않게 시원시원한 목소리가 중년은 넘은 듯한데, 맑은 피부와 외모만으론 나이를 가늠하기 어려웠다. 이렇게 여자를 만나고 있는 것을 안이 본다면 어떤 표정을 지을까? 아마 죽이려 들지도 몰라, 아니면 돌아버리거나. 전시된 그림에 눈길을 주며 천천히 걸었다.

그림들은 외부의 빛을 끌어들인 듯 입체감이 화려한 색채 추상화가 대부분이었다. 벽을 따라 십여 점을 돌아보는데 통로가 나왔다. 여자가 여기서 나온 모양이었다. 여

자의 사적인 공간과 이어진 듯했지만 내처 걸음을 옮겼
다. 복도식 테라스로 바다가 담긴 듯한 통유리 앞에 하얀
탁자와 의자 두 개가 나란히 놓여 있고 그 끝엔 쇠살문이
닫혀 있었다. 창살 틈으로 붉은 카펫이 깔린 가파른 계단
이 보였다. 여자가 팔을 뻗으며 말했다. 삼층은 작업실이
에요. 말하는 동안 여자의 눈썹이 살짝 올라갔다 내려왔
다. 예에. 고개를 끄덕이고 돌아서 10호 크기의 그림 앞으
로 다가갔다.

　연청색 인물에 또 하나의 투명한 인간 형상이 다른 자
세로 재현된 반추상화였다. 색감이 전체적으로 밝았다.
기이한 느낌입니다. 내 말에 여자가 은근하게 웃으며 대
답했다. 그렇죠? 새롭고 이질적인 것 같지만 사실은 오래
전에 형성된 친숙한 내면을 표현한 거지요…… 제 말이
아니고 융의 말이랍니다. 그림 앞에서 내가 떠나지 않자
여자가 삶의 이중성, 존재의 이중 분열을 주제화했다고
설명을 덧붙였다.

　잠시 뒤, 작가의 브로슈어와 함께 그림을 여자에게서
건네받았다. 명세서에 사인하는데 곧 있을 파티의 초대장
을 보내겠노라고 여자가 하얀 이를 드러내며 주소를 물
었다. 안이 떠올랐다.

　그녀는 갤러리를 가진 화가예요. 안은 그날 여자에 대

해 불안한 목소리로 그렇게 입을 열었다. 마리아나 해구에 박힌 조약돌이라도 볼 듯한 크고 맑은 눈망울이 어떤 의구심으로 흔들렸다. 안은 부모가 없다고 했다. H대, 미대 2학년. 미술 전공. 상담 차트에 그렇게 기록됐다.

포장된 그림을 들고 계단을 내려가는데 젊은 남자가 콧노래를 흥얼거리며 올라왔다. 내 손에 들린 그림과 나를 번갈아 보고는 고개를 까딱했다. 여기서 분명한 역할이 있다는 뜻이었다. 나도 고개를 까딱했다. 잘 가세요. 여자의 목소리가 등 뒤에서 날아왔다. 남자가 여자와 나를 번갈아 보았고 그 눈길이 예사롭지 않아 고개만 조금 돌려 숙였다가 들었다.

이들 사이에서 안은 뭘까. 안은 자신의 그림으로 내면이 드러날까 겁이 난다고 했다. 그래서 캔버스를 마주하기 두렵다고, 그래도 그림을 그리지 않을 수 없다고 했다. 나는 안의 눈을 바라보며 잠정적으로 일주일에 한 번, 삼 개월의 상담 기간을 잡았다. 하지만 초기 면접을 한 첫 주와 한 번의 상담 뒤 지금까지 전화 연결도 되지 않아서 상담 과정이 상당히 어려워질 것으로 보인다. 그날 안이 했던 말을 생각하면 예감은 더 짙어진다.

어떻게 해서 그림을 전공하게 되었는지 물으니 무슨 말부터 해야 할지 모르겠다며 말끝을 흐렸다. 서두를 필요는 없어요. 동시에 떠오르는 생각이 두 가지 이상이면 얘기하기 싫은 것부터 말해보도록 하세요. 나의 말에 안은 불안한 목소리로 한 여자 이야기를 했다.

그녀는 갤러리를 가진 화가예요. 우리 사이는 좀 거창했습니다. 갤러리에 파티가 있을 때마다 그녀는 나를 대동했지요. 언제나처럼 신진 작가 전시회 오프닝 파티가 있던 날이었습니다. 파티의 규모는 크지 않았어요. 시의 고위층 부인들이나 나름대로 예술에 몸담고 있다는 여자의 친구들이 모였고 저는 정장 차림으로 그들에게 내 수준의 접대를 했지요. 이런 말은 좀 쑥스럽지만, 그녀는 나의 큰 눈을 자랑거리로 여겼어요. 제 눈이 동양적인 검은 눈동자에 길고 짙은 속눈썹으로 둘러싸인 서양적인 커다란 눈이라네요. 사실 한 번 내리떴다 치뜨면 부인들에게서 고상한 탄성을 들을 수 있었어요. 저는 그것이 상투인지 진심인지 헤아려볼 여지가 없어 그녀의 심부름으로 차를 나르며 그 짓을 스스럼없이 했죠. 그러면서 부인들의 탄성에 날개가 돋는 듯 영혼의 자유를 느꼈지요. 자연스레 최고의 화가가 되는 꿈도 꾸게 되었습니다.

그러나 어느덧 3년이 흐르면서 그런 나 자신이 견딜 수 없었어요. 저는 부끄러움을 누르고자 아무도 모르게 아랫배에 힘을 줘야 했지요. 그러던 어느 날, 그러니까 그녀가 머리를 틀어 올리고 목선이 깊게 파인 맑은 청색 원피스에 숄을 두른 날이었어요. 나는 한 부인 앞에 찻잔을 내려놓던 중이었습니다. 그녀의 표정에서 언제나 파티 분위기를 읽을 수 있었지요. 그런데 한 남자 앞에 서 있는 그녀가 평소와 달라 자꾸 신경이 쓰여 그녀 쪽을 흘끔거렸습니다. 그러다 그만 내 손에 들렸던 찻잔이 바닥으로 떨어졌어요.

말을 멈춘 안이 앞에 놓인 찻잔을 바라봤다. 나는 안의 표정을 살피며, 찻잔이 떨어졌다고요? 하고 조심스럽게 물었다. 안은 입을 다문 채 눈도 깜박이지 않고 찻잔을 바라보았다. 나는 다독이듯 미소를 지으며 내 앞에 놓인 찻잔을 천천히 들어 입으로 가져갔다. 안이 시선을 거두지 않고 말했다. 찻잔은 떨어진 것이 아니라 떨어뜨려진 것이라고 해야 옳아요. 그래요? 내가 되묻자 안이 대답했다. 남자 앞에 선 여자의 모습이 힘겨워 보였어요. 억지웃음을 짓고 있는 것만 같았고…… 나는 어떻게 해줄 수도 없고. 안이 맥없는 표정으로 입을 다물었다.

여자의 나이를 물으려다가 이야기 도중에 듣는 것이 자연스러울 것 같아 어떻게 만났느냐고 물었다. 여자는 안보다 나이가 많고 남편도 있는 듯했지만 그 지점을 먼저 짚어서는 안 될 것 같았다. 프라이버시를 침해당한다고 생각되면 상담은 끝이었다.

안이 이야기를 이어갔다. 부인의 호들갑스러운 외마디에 그녀가 달려왔어요. 숄은 어디로 던졌는지 보이지도 않고, 찻잔 조각을 줍느라, 부인의 옷에 엎질러진 찻물을 닦느라, 그녀의 어깻죽지에 배추색 새 문신이 완전히 드러났어요. 안은 배추색 새 문신이라 할 때 눈살을 찌푸렸다. 나는 그 모습을 포착해 마음에 담았다.

이야기를 쭉 듣다 보니 그녀에게 그 새는 매우 민감한, 하나의 표식과도 같은 것이었다. 예상대로 갤러리의 모든 눈길이 여자의 어깻죽지에 머물렀다. 새는 크지 않았지만 작지도 않았다. 부드러운 배추색으로 결코 귀엽지도 않았으며 어떤 노기를 가진 모습이었다. 안은 흉벽 안쪽이 뻐근해 옴을 느꼈다. 사람들의 눈길에서 여자를 벗어나게 해줄 거야, 속으로 다짐하며 그녀 쪽으로 걸어갔다. 그때, 누군가의 목소리가 들려왔다. 멋지네. 전 화백, 이리 야한 새를 언제부터 키웠어. 의외의 반응이었다. 그리고 반응은 매출에서도 나타나 그날 폭발적이라 할 만큼 그림이 팔렸다.

안은 목이 말랐는지 단숨에 찻잔을 비웠다. 휴대폰이 울렸다. 나는 휴대폰을 끄지 않은 사실을 상기하고 재빨리 종료 버튼을 눌렀다. 안이 생각난 듯이 쥐고 있던 휴대폰을 켰다. 그리고 불쑥 가야겠어요, 하더니 일어나 상담실을 나갔다. 조금 뜨악했으나 나도 모르게 쌀쌀해진 내 눈초리 탓일지도 모른다는 생각이 들었다. 안의 이야기를 듣는 중 갑자기 그 사람이 떠올랐던 것이다. 정신을 집중시키려고 고개를 끄덕이며 애를 써봤지만 기억은 의지를 지닌 듯 제멋대로 어머니의 빈소를 더듬었다.

가수면 다야? 다냐고! 예술 좋아하네! 어머니의 시신 앞에서 비명을 내질렀다. 과로로 쓰러졌다는 어머니는 병명도 모른 채 세상을 떠났다. 군에서 신병 훈련을 받던 중 청원 휴가를 받아 빈소를 지켰다. 우리 아들 어쩜 이리 이쁠까. 니가 아들 몫, 딸 몫, 남편 몫 다하네. 영정 사진 속 어머니는 평소처럼 그렇게 말하는 것 같았다. 내색은 안 했지만 그 말이 늘 부담스러웠다. 입대만큼은 심플하게 하고 싶어서 홀로 논산 훈련소로 가는 새벽 기차를 탔었다. 어머니의 낡은 침대를 바꿀 계획을 가지고.

어머니는 안방 문을 언제나 열어놓았다. 살짝 닿기만 해도 차락차락 소리 나는 주렴이 어머니의 방문을 대신했다. 입대 전날 밤, 친구들과 일찍 헤어져 내 방에 누웠지만 잠이 오지 않았다. 주렴 너머 잠든 어머니 방을 보다가 혼자가 아니라는 느낌이 드는 물건이 뭘까 고민했고 편한 잠자리를 위해 침대를 해주기로 했다. 휴대폰으로 침대 사이트를 돌아보다가, 군 복무 중 언제쯤 들이는 게 좋을까 생각하다가, 침대부터 고르자고 검색하다가, 창문이 푸르스름할 때 집을 나섰던 것이다.

눈앞이 흐려졌고, 어머니의 장례를 치르는 동안 그 사람이 올지도 모른다는 생각에 그렁거리던 눈시울이 말라갔다. 나를 봐서라도 오겠지. 자꾸 최면을 걸었다. 하지만 그 사람은 열여섯 살 많은 여자와 일생일대의 무대를 준비하느라 나타나지 않았다. 주먹으로 빈소 바닥을 치고 또 쳤다.

상담실에 도착해 포장된 그림을 책상 옆에 세워두고 찻물을 올렸다. 마른 수국잎을 유리 다관에 넣고 찻잔을 준비했다. 어머니는 수국차를 즐겼다. 이 미약한 단맛이 어머니의 생을 추슬렀을까. 찻물이 우러나는 사이, 적막이 흐르는 사이, 어머니는 무슨 생각을 했을까. 지나온 시간의 모퉁이, 어디쯤에 머물다 돌아왔을까. 고등학교 시절, 자율학습을 마치고 오면 어머니는 계절 따라 이슬이 맺히는 유리잔이나 김이 모락모락 오르는 찻잔을 나에게 내주었다. 나는 차를 즐기게 되었고 언제부턴가 내담자에게 상담 전 찻잔을 건네기도 했다. 찻물을 우려내는 동안 내담자의 정서 파악도 할 수 있지만 내담자 스스로 감정

표현을 할 때도 있었다.

안으로부터 여자가 수국을 키운다는 말을 들었을 때, 어머니가 떠올랐다. 자연히 그 사람과, 그 사람의 여자도 떠올랐다. 그 사람의 여자는 그 사람의 매니저를 자처했다. 둘은 이십여 년 동안 동거하며 함께 노래 부르고 무대에 올랐다. 가끔 티브이에 나왔지만 한 번도 본 적이 없었다. 사실 컴퓨터의 포털사이트나 티브이나 유튜브, SNS에서 맞닥뜨릴까 봐 신경이 쓰였었다.

찻물을 몇 모금 마시자 이마에서 땀이 배어났다. 뜨거운 기운이 퍼지며 한결 머리가 가벼웠다. 그림이 어울릴 자리를 찾았다. 마땅한 곳이 없었다. 무엇보다 안이 그림을 보고 당혹스러워할 수도 있었다. 당분간 눈에 띄지 않게 두기로 하고 아무래도 안을 먼저 만나 봐야겠다는 생각이 들었다. 다이어리에 내일 스케줄을 확인하고 시간을 메모했다.

저녁 무렵, H 대학 미술 학부 건물 앞에서 안을 기다렸다. 삼십 분쯤 지나자 학생들이 나오고 있었다. 이내 학생들이 뿔뿔이 흩어지고 벤치에 앉아 한적한 학부 건물 입구를 한동안 바라보다 정문을 빠져나왔다. 약속을 잡을까 했지만 이미 잡혀 있는 약속도 무용했다. 건널목을 건너려는데 맞은편에 아는 얼굴이 보였다. 양손을 바지 주머니에 찌르고 바닥을 보며 걷는 행색이 주변 학생들에 비해 추레했지만 안이었다. 이쪽으로 건너오는 모습을 지켜보며 기다리다가 보폭을 맞추어 한 방향으로 걸었다. 그림은 잘 되어가요? 내 음성에 안이 고개를 들더니 눈을 동그랗게 떴다. 내가 싱긋 웃어 보였다. 안이 뭐라고 입술을 달싹이다가 고개를 떨구었다.

걷다 보니 번잡한 학교 주변을 벗어나 주위가 점점 한적했다. 어딘가 들어갈 장소를 선택해야 했다. 멀지 않은 곳에 상담실이 있지만 오늘은 아니었다. 지하 카페가 눈에 띄었다. 계단을 내려가자 서늘한 공기가 끈끈하게 달아오른 몸에 감겨왔다. 칠월 중반을 건너는 계절에 딱 맞는 공간이었다. 크지 않은 카페 내부는 샹들리에가 달린 실링 펜이 천정에서 돌아갈 뿐 조용했다. 모히토 두 잔을 시키고 나자 안이 슬쩍 고개를 들며 말했다. 이렇게 찾아오신 걸 보니 제게서 뭔가를 눈치챘군요. 못 본 사이 수척해졌고 눈이 퀭하여 무슨 일이 일어났던지, 아니면 곧 일어날 것만 같은 표정이었다. 나는 모히토로 마른 목을 축이고 덤덤한 억양으로 물었다. 어떻게 지냈어요. 사실 나는 그 사람과 열여섯 살 많은 여자에 대한 궁금증에 시달려 내담자를 자처한 꼴이었다. 안의 얼굴을 보자 심리 상담학을 전공하면서 해결되었다고 느꼈던 질문들이 새삼스럽게 고개를 들었다. 표정을 바꾸듯 삶이 그렇게 단순하게 바꿔지는 건지. 주어진 생을 팽개치고 돌아서면 새로운 생이 만면의 미소를 짓고 있는지. '그 사람'의 마지막 가는 길은 췌장암으로 험하기 짝이 없었지만 어머니와 나를 팽개쳤을 당시 정말 행복했는지, 그 뒤로도 행복했는지, 그랬다면 그 행복의 가치는 어느 정도인지, 그러니까 '그 사람'에게 나는 무엇인지. 어머니는 평생 왜 혼자였는지. 밑도 끝도 없는 숱한 질문 앞에서 방황했던 나 자신을 떠올리며 안을 물끄러미 쳐다봤다.

감출 수 있는 것은 아무것도 없겠죠. 안은 앞에 놓인 잔을 바라보다 한마디 하고 모히토를 남김없이 들이켰다. 맥주로 한잔 더 할까요? 내가 물었다. 좋을 대로 하세요. 안은 살짝 미간을 모았다. 마음이 바뀌어 일어나 가버릴지도 모른다는 생각에 조급하게 종업원을 불러 맥주 두 병을 주문했고 안의 잔을 채웠다. 안은 금세 잔을 비운 뒤 오랫동안 간직한 말인 듯 감동에 겨운 목소리로 말했다. 결국, 그녀를 지켜줄 사람은 나뿐이라는 생각, 그게 전부예요. 안의 커다란 동공이 허공을 응시했다. '정신 차려, 임마!' 하고 주먹이라도 한 대 날리고 싶은 욕구를 겨우 참고 물었다. 왜 그렇게 생각하지요? 안이 빈 잔을 내려놓으며 말문을 열었다. 그녀와 함께 자기 시작한 지 얼마나 됐는지 모르겠어요. 마치 남의 일인 듯 담담히 말했다. 그러곤 표정에 별다른 변화 없이 자신의 이야기를 들려주기 시작했다.

어린 안은 어느 날 잠을 자다가 문득 앉아 있는 자신을 발견했다. 한밤중이었다. 안은 잠든 사이 마치 누군가 자신을 익명의 섬에 가두어 둔 듯이, 검은 얼룩이 자신의 주위를 둘러싸고 있는 것을 보았다. 수면등에 비친 그것은 늪 같았고 축축한 느낌으로 점점 감겨왔다. 그때 옆에 누워 있던 여자가 이런, 오줌을 쌌네, 하고 안을 덥석 안고 욕실로 가 아랫도리를 씻어주었다. 여자의 품에서 안은 욕실 바닥을 적시는 물이 파란 매니큐어 칠로 도드라진 여자의 하얀 맨발을 돌아 흐르는 것을 응시했다. 느껴본 적 없는 평온이 깃들었고, 이 평온에 누구도 끼어들어선 안 된다는 생각이 들었다. 여자는 정성 어린 손길로 안의 속옷과 잠옷을 갈아입힌 뒤 침대 커버와 패드를 새것으로 갈았다. 포근하고 윤이 나는 패드는 어두운 녹색 바탕에 붉은 꽃이 점점이 프린트된 것이었다. 여자의 손동작 따라 불빛을 받은 무늬가 언젠가 티브이에서 본 꽃잎처럼 벌어지려고 꿈틀거리는 듯했다. 네 모서리에 조각된

봉이 높이 솟은 더블 킹사이즈 침대는 영화 속 궁전의 침실 장면에도 비할 바가 아니었다. 여자의 말로는 결혼을 앞두고 어렵게 구한 것이라 했다.

안은 그 뒤로도 계속 침대에서 오줌을 쌌다. 그럴 때마다 여자는 꼭 안고 욕실로 갔고 옷을 갈아입히고 패드를 갈았다. 초등학교에 입학한 지 일 년을 넘긴 안은 그런 자신이 부끄러웠으며 이해할 수 없었고 모면할 길도 몰랐다. 입을 다물고 약간 성난 표정을 짓는 게 할 수 있는 전부였다. 괜찮다, 다 괜찮아. 여자가 말했지만 안은 자신의 의지와 상관없는 무엇이 가슴에 자리하고 있음을 느꼈다. 그것은 언젠가 보았던 한 장면 때문임을 어렴풋이 감지했다.

초여름 밤이었다. 여느 때처럼 자신의 방에서 자던 안은 정색한 이모의 목소리에 일어나 정신없이 어디론가 끌려가야 했다. 이모는 운전을 하며 계속 아버지에게 전화했지만 연락이 되지 않았다. 여자와의 연락도 마찬가지였다. 밤하늘이 비를 흩뿌려 차창에는 물방울이 흐르고 있었다. 와이퍼의 작동 소리만 강약 강약으로 억세게 들려왔다. 이모는 누구와도 통화를 못한 채 안을 데리고 창고와 흡사한 여자의 화실 입구에 도착했다. 거기서 이모는 안에게 얼굴을 들이대며 엄마가 피곤하여 쓰러진 모양이니 만나면 절대 울지 말라고 당부했다. 이모는 여자와 병원에 가게 되면 시간이 생각 밖으로 지체될지 몰라 어쩔 수 없이 안을 데려온 것 같았다.

화실 문을 열고 한발 앞서 들어간 이모가 악, 외마디 소리를 지르며 안의 눈을 가렸다. 하지만 안은 그 순간 봤다. 눈을 압박하는 이모의 손가락 사이로 한쪽 모서리에 포획된 짐승처럼 웅크리고 있는 여자를. 바닥은 온통 붉은 물감으로 칠한 것 같았다. 천정이 높아 황량한 벌판 같은 화실에 아무렇게나 널려 있는 집기들과 이젤, 캔버스, 찢기고 난도질된 그림들 너머로 어깨에 칼이 꽂힌 여자가 있었다. 검은 앞치마는 핏빛으로 검붉었고, 두 눈을 꾹 감은 여자의 갈기처럼 뻗친 머리카락 옆으로 피가 튀어 만들어진 기이한 형상의 벽이 번들거리며 일렁였다. 똑딱똑딱 초침처럼 뛰는 가슴을 누르며 간절하던 무엇이 짓밟힌 한 인간을 보았다. 엄마, 하고 달려가서 껴안기에는 무서웠고 마냥 있기에는 가여운 한 여자를. 안은 내부에 깃드는 생의 모략을 견디느라 못 박힌 듯 선 채 오줌을 쌌다.

안이 이야기를 멈추고 옅은 한숨을 지었다. 나는 여자가 친엄마냐고 물으려다가 입을 다물었다. 안이 계속 여자, 라고 칭하며 말을 이었다. 그 태도가 묘하고 불쾌했지만 그랬군요, 하고 고개를 끄덕였다.

아버지는 내 모습에도 불만이 있었습니다. 나의 뭐가 불만이었는지 지금도 모르겠어요. 아이가 무서우면 울고 엄마를 찾지 누굴 찾습니까.

여자의 남편은 여자와 함께 있는 안을 보면 사내자식이 할 짓이 아니라고 엄포를 놓았다. 그리고 자주 두툼한 손 자국을 몸에 남겼다. 소리 없이 눈물을 쏟는 안의 얼굴에 대고 두 주먹을 쥔 채 뚜욱! 하고 소리치다가 안의 양 볼을 잡아당겼다. 안은 자라면서 더욱 여자에게 집중했다.

안이 어린이집에 가게 되자 여자는 남자와 결혼하면서 접어야 했던 그림을 다시 그리기 시작했다. 재기의 성과는 나쁘지 않았다. 지방에서 개최하는 미술 공모전에 연이어 입선되면서 미술 관련 잡지에 여자의 사진과 그림이 실렸다. 여자는 작업실에서 밤을 새웠고 그림이 안 되는 날은 그곳에 머물렀다. 남편은 집으로 오라는 전화를 하룻밤에 몇 번이고 했다. 여자는 가차 없이 무시했고 남편은 독설을 퍼부었다. 너, 아무리 그림 속에 있어 봐야 내가 아는 너는 태생적으로 아니야. 내가 너를 정확하게 아는데 너라는 여자는 그림과 절대 어울리지 않아. 어울리는 척할 뿐이지. 화가라고 하지만 너는 예술이라는 이름으로 사기를 치고 있는 거야. 여자가 날카롭게 소리쳤다.

네가 뭐래도 세상은 나를 인정해주고 있다고. 봐, 보라고. 여자는 미술 관련 잡지를 펼쳐 두드렸다. 세상이 네게 손 들어 준 것 같아? 그런 것 같아? 남편은 서슴없이 야유했다. 여자는 발악하듯 내질렀다. 누가 뭐래도 나는 그림을 사랑한다고. 남편이 말했다. 네가 그림을 사랑한다고? 오히려 그림을 이용한다고 해. 그게 가장 정확한 너야. 이런 거 하지 마!

결국, 여자는 짐승 같은 울음을 토해내고 말았다. 여자의 그림은 변해갔다. 붉은색이 주조를 이루다가 점점 먹빛에 다가갔다. 그럴수록 화단에서는 고의로 왜곡시킨 기법이 어쩌고 하면서 평을 했고 기획전을 열자고 했다.

여자는 일주일이고 열흘씩 화실에서 나오지 않았다. 비가 흩뿌리는 그 밤도 남편은 전화기에다 대고 소리를 질러댔다. 그러곤 씹어뱉듯 말했다. 나를 물감 대주는 놈으로 물었군, 이젠 그놈들하고 잘 돼간다 이거지! 남편은 수화기를 내동댕이치고 화실로 찾아가서 칼을 휘둘렀다. 그 뒤로 남편은 여자에게도 안에게도 나타나지 않았다. 여자와 안은 그때부터 둘만 살았고 잠도 떨어져서는 자지 못했다.

저는 언제부턴가 밤을 지새우는 연습을 했지요. '왜?'

하는 내 표정을 본 안은 반쯤 비운 잔을 만지작거렸다. 아무리 화장실을 다녀와도 잠든 사이 오줌이 지려 있었습니다. 말도 안 되는 일이었어요. 하지만 사실은, 말도 안 되는 그것 때문에 나는 도무지 저항할 수가 없었어요. 그…… 뭐랄까. 사실은, 오줌을 지린 뒤부터 그녀와 구체적으로 하나가 되었거든요. 이상한 얘기지만 점점 오줌 싸는 횟수가 줄어 중학교 이 학년 때 완전히 없어졌는데, 그게 다행인지 불행인지조차 모르겠더라고요. 그런데 어느 날 학교에서 돌아와 보니 침대가 없어졌어요. 제 방이 있긴 해도 고등학교 이 학년까지 그녀와 잤는데 갑자기 텅 빈 안방을 보니 돌아버리겠더라고요. 안의 목소리는 커졌고 눈길은 벽에 설치된 노란 실내등에 가 있었다. 침대는? 하고 나는 물었습니다. 안은 약간 울상을 지으며 말을 멈추고 잔을 비웠다.

여자는 작업실을 옮겨 지금의 갤러리에 침대를 갖다 놓았다고 했다. 그때부터 여자는 바빠지기 시작하여 안은 혼자 자신의 방에서 자야 했다. 악몽에 시달리다 일어나면 어깨에 칼이 꽂힌 여자의 모습이 떠올랐고 여자를 지켜야 할 사람은 자신뿐이라는 생각만 구체적으로 다가왔다. 이제부터 여자가 정말 그림을 마음껏 그릴 수 있도록 지키겠다고 안은 한 음절씩 여자의 이름을 읊조리며 화장실을 들락거렸다.

그런데요. 말을 멈춘 안이 갑자기 두 손으로 얼굴을 감싸더니 고개를 푹 숙였다. 나는 내 앞에 놓인 잔에 맥주를 천천히 채웠다. 안이 슬며시 고개를 들어 제 앞의 잔을 바라봤다. 의식이 빠져나간 듯 멍한 시선이었다.

가끔 저녁밥을 챙겨주는 여자의 얼굴이 너무 낯설었어요. 어떨 땐 마치 모르는 여자 같기도 하고…… 모르겠습니다. 아무도 없는 집에서 밥을 먹을 때면 전, 사실 아무것도 아닌가 싶어지고 누워도 도저히 잠이 안 와서……. 안이 말끝을 흐리며 입술을 깨물었다. 입술이 뒤틀리자 오똑한 콧날도 일그러졌다. 짙은 속눈썹에 둘러싸인 커다란 눈이 눈물로 그렁거리니 폭삭 늙어버린 것 같기도 했다.

사실은……. 안이 머뭇거리다가 한참 만에 입을 열었다. 어제 한 남자를 죽였습니다. 서늘한 기운이 가슴을 훑고 지나갔다. 무슨 말이야? 엉겁결에 반말이 튀어나왔고 불쑥 장면 하나가 떠올랐다. 전사처럼 장검을 들고 어둑한 골목을 헤매는 장면. 그 사람을 찾는 꿈이었다. 가위에 눌린 듯 화들짝 일어나 어둠 속에서 모로 누워 잠든 어머니의 실루엣을 보다 보면 어깨가 뻐근한 것을 느끼곤 했다. 코밑이 막 거무스름할 때였다. 그 사람을 찾아 죽이기 위해 다시 이불을 머리끝까지 뒤집어쓰고 잠을 청하느라 애를 쓰곤 했었다.

밤이었어요, 그러니까, 뭉크의 〈절규〉처럼 소리치고 싶을 만큼 달이 가까웠었는데.

안은 허공을 보며 계속 얘기를 했다. 나는 잡념을 떨쳐버리듯 안을 바라보며 귀를 기울였다.

안은 정자 근처에 있다가 검은 승용차가 다가와 멈추자 뒷좌석에 올라탔고, 운전석에 앉은 남자의 목을 재빨리 노끈으로 졸랐다. 남자가 버둥대는 바람에 질끈 눈을 감고 노끈을 세게 당겼다. 여자의 얼굴이 떠올랐다. 더 세게 노끈을 당겼다. 조금 더 올라가면 여자의 갤러리였다. 끅끅, 멎어가는 남자의 숨소리를 듣던 안은 소리쳤다. 다시 이 언덕길을 오르는 날에는 정말 죽여버리고 말겠어. 아주 몸을 동강 낼 거야. 명심해. 어서 차를 돌려! 남자는 컥컥대며 필사적으로 차의 방향을 돌렸다. 안은 남자의 귀에다 대고 이번이 마지막이야, 하고 차에서 내려 자루가 한 발쯤 되는 해머를 들었다. 남자의 차는 뺑소니치듯 언덕을 내려갔다. 잠시 뒤 브레이크 밟는 소리, 길옆 낭떠러지로 전복되는 자동차 소리와 폭발음이 연이어 어둠을 찢고 안의 귀에 들려왔다.

나는 남자의 차가 전복된 것이 확실하냐고 물었다. 안

은 확인하지 않아 모른다고 하다가 나지막한 소리로 남자의 차일 거라고 덧붙였다. 안의 얼굴을 뚫어지게 봤다. 안이 계속해서 말했다.

남자 때문에 여자의 그림이 지지부진하다고, 한동안 그림에 매진하느라 멈추었던 파티가 그 남자 때문에 다시 시작되었다며, 그러니 여자에게서 남자를 떼어놓는 게 맞지 않나요? 안은 마치 형에게 여자 친구를 의논하는 표정을 지었다. 나는 말없이 잔을 비웠다.

여자 옆에 있는 남자는 모두 죽여버리고 말 겁니다. 안이 두 자루의 칼이 번쩍이듯 눈을 번들거리며 말했다. 장검을 들고 아버지를 찾는 꿈이 떠올라 나도 모르게 고개를 살짝 끄덕였다.

빗소리가 들려왔다. 안은 빗소리를 듣는 듯 잠시 말이 없었다. 힘이 없어 보였으나 한결 안정돼 보였다. 가야겠어요. 무슨 생각이 떠올랐는지 안이 일어섰다. 뒤숭숭한 기분으로 일어나 안을 따라 나갔다.

지상은 어둑했고 빗방울이 굵었다. 앞장서 계단을 오르던 안이 힐긋 돌아보며 무어라 소리치고는 빗줄기 속으로 내달았다. 휴대폰 멜로디가 들려왔다. 카페 처마 아래에 있는 내 옆으로 안이 들어서며 휴대폰을 봤다. 액정 화면에 전해연, 발광하는 푸른 글자를 보더니 입꼬리를 올려 휴대폰을 터치하고 귀에 갖다 댔다. 빗속으로 다시 걸어갔다. 뛰었다. 순식간에 저만큼 멀어지며 어룽대는 네온빛과 번들거리는 검은 보도 사이 인파 속으로 사라졌다.

진창에 빠진 것 같았고 속이 울렁거렸다. 으스스한 기분에 끌려 어둑한 건물 모퉁이에서 헛구역질하며 자신을 자책했다. 제대를 하고 속수무책으로 흘러가 닿았던 곳, 빨려들 듯이 푸른 마리아나해구에서 갈수록 남루해질 과거를 그 자리에서 곤두박질시키자고 바다 속으로 뛰어들었었다. 죽을 뻔했지만 살아서 심리 상담을 공부했고 상담실을 연 지 오 년째. 보람도 있었지만 아쉬움이 많았다. 솔직히 늘 미웠했다. 지금 역시 '그 사람'에 대한 각성으로 안을 만나서는 안 되었다. 그나마 안이 자신의 이야기를 거침없이 해서 다행이지만 사람을 죽였다니. 사실일까? 사실이라면? 섬뜩했다. 당장 신고하기엔 무리다. 종종 내담자가 상황보다 과하게 표현할 때가 있고, 안은 사고 현장을 확인하지 않았다고 했다. 무엇도 명확한 것이 없었다. 가슴께가 묵직해 왔다.

세상은 한마디로 설명할 수 없는 것들이 대부분이다. 안은 대학 내 학생 건강센터에서 전화를 받고 상담을 몇 번 받다가 내게 왔다. 학교라는 울타리 안에서 여자 이야기를 선뜻 꺼내지 못했으나 이미 말문을 열어버린 심리가 외부 상담실을 찾게 한 것 같았다. 내 상담실에 온 것은 학교와 그리 먼 거리가 아닌 점을 빼면 도박 같은 경로였다. H대 미대 2학년이라는 첫 마디가 특별했다. 비릿한 시절, 그러니까 초등학교 이후 상 받은 적이 없지만 고등학교 2학년까지 딱히 할 게 없을 때마다 끄적이듯 그림을 그렸다. 중학교 3학년 때 막연히 미대에 가고 싶다는 생각을, 고등학교 들어가며 미대를 간다면 H대였다. 하지만 홀로 나를 거두는 어머니에게 미술학원은커녕, 입시 미술이란 말을 꺼낼 수 없었다. 낙서처럼 그리던 연습장에 어머니 모습이 가끔 스케치되는 것을 어머니는 몰랐다.

안이 자신의 그림으로 내면이 드러날까 겁이 난다고, 그럼에도 그리지 않을 수 없다, 어머니도 없다는 말에 진심으로 돕고 싶었고 그만큼 여자가 궁금했다. 어머니를 여자라고 칭하는 안은 자신을 누구라고 생각하는지, 여자는 안을 어떻게 생각하는지, 질문이 이어지지만 무엇보다 여자가 궁금했다. 상담 사례 분석에 들어가면 지적될 부분이겠으나 그 사람에 대한 미해결 과제를 각성한 계기였다.

차를 몰고 집으로 가는 밤길에 마음이 복잡했다. 여자의 전화를 받고 빗속을 달려가는 안의 왜소한 뒷모습이 자꾸 눈에 밟혔다.

　이틀 뒤, 신진 작가 개인전 오프닝 파티 초대장이 상담
실로 날아왔다. 초대장에 명시된 늦은 저녁이라는 시간이
의아했지만 해 질 무렵 도착할 예상을 하고 갤러리로 향
했다. 누군가를 죽였다는 안의 말을 흘려들어서는 안 된
다는 생각에 고민하던 차였다. 여자를 만나면 뭔가 제대
로 알 수 있을지도 몰랐다.

　언덕길로 들어서며 목을 빼고 주변을 살피면서 차를
몰았다. 안이 말한 사고 지점은 알 수가 없고 길가에 짓
이겨져 젖은 꽃과 풀 썩는 냄새가 짙게 번져왔다. 안은
환청을 들었는지도 몰랐다. 갤러리 건물이 손바닥으로
가려질 정도에서 모습을 드러냈다. 굽어진 길을 돌자 깎
아지른 절벽이다가 가드레일이 설치된 이차선 넓이의 길
이 이어졌다. 해풍이 귓가에서 붕붕거리는 소리를 들으
며 올라갔다.

　갤러리 문은 열려 있었다. 여자의 나직한 목소리가 어
디선가 들려왔다. 누군가와 통화 중인 것 같았다.

　해달라는 둥, 막상 걸어보니 분위기가 안 맞으니 바꿔
달라는 둥, 여편네들 비위 맞춰 띄워 줘야지. 조그만 일이
있어도 들여다봐야지. 시녀가 따로 없다니까. 그래, 사내

들이 훨씬 편하고말고. 지들이 그림에 대해 뭘 알아? 내가 그러면 그렇다고 고개부터 주억대는걸. 돈 자랑, 힘자랑하기 바쁘지. 기백만 원? 기천만 원짜리도 턱 안겨주면 그걸로 끝이야. 그만한 위험부담 없는 인생이 어디 있어?

조용히 갤러리 밖으로 발길을 돌리다가 멈췄다. 안의 말대로 여자의 작업실에 침대가 있는지 궁금했다. 두리번거리며 테라스 쪽으로 가는데 여자의 목소리가 분절되어 들려왔다. 고가일수록…… 방법이 없어…… 난해한…….

테라스 끝에 비스듬히 열려 있는 철문을 지나 계단을 올랐다. 마지막 층계참에 서자 커다란 침대가 눈에 들어왔다. 머리 쪽에 놓인 조명 때문인지 침대 시트가 밝은 녹색에서 암녹색으로 번지는 듯했고 발치 쪽 통유리 창에 잿빛 바다가 가득했다. 조명 그림자 때문에 방이 다각형으로 분할된 듯 보였는데 약간 어수선할 뿐 낯설지 않았다. 이유는 안이 열띤 얼굴로 말한 침대 때문일 수도 있었다. 몇 걸음 옮기자 침대 가장자리가 손끝에 닿았다. 도톰한 패드의 느낌이 차갑고 매끈했다. 손이 미끄러지듯 귀퉁이의 조각 봉에 가닿았다. '암갈색 조각 봉이 네 귀퉁이에 솟은 침대는 범접할 수 없는 망대를 세운 듯 아름답고 아련'해 보였다. '붉은 꽃과 푸른 가지를 연상시키는 인디언 문양의 시트'는 윤곽이 뚜렷하고 대담한 색채와 어우러져 입체적이었다. 어머니의 낡은 침대를 바꾸기 위해 꼼꼼하게 침대 사이트를 둘러보던 입대 전날 밤이, 눈에 띄었던 제품들과 그 옆에 나열되어 있던 문구가 떠올랐다. 시트를 슬며시 움켜쥐었다. 서늘함과 동시에 여자가 어디선가 보고 있을지도 모른다는 생각이 들었다. 황급히 몸을 돌려 조용히 갤러리를 빠져나왔다. 차를 몰고 언덕 아래로 달렸다.

휴대폰이 울렸다. 통화 버튼을 눌렀다. 어디쯤이냐고 여자가 물었다. 멈칫했다가 다 와간다고 대답했다. 갓길에 차를 세웠다. 여자의 침대가 향수 어린 물건인 듯 눈앞에 어른거렸다. 고개를 흔들었다. 여기까지 온 이상 그냥 갈 수 없었다. 여자를 알아야 안과 얘기가 될 것이었다.

차를 돌려 고갯길로 향했다.

폐점하기엔 이른 시간인데, 갤러리 일층은 어느새 먹빛이 괴괴하게 고여 있고 이층에서 번져 나온 주홍 불빛이 주변을 간신히 비추고 있었다. 공기를 가르는 바람 소리가 날카롭게 울렸다. 찻집의 돌출 간판이 요란한 소리를 내며 삐걱댔다. 수국 위에 작은 전구들이 제각각 빛을 발했고 흩날리는 비가 주렴처럼 보였다. 계단을 오르며 짙어지는 소란에 걸음을 빨리했다. 잠깐 사이 바뀐 분위기가 신기하여 단숨에 올라가 유리문을 밀었다. 소란의 진원지에는 자주색의 크고 둥근 테이블이 군데군데 놓여 있고 이십여 명도 더 되는 남녀가 섞여 있었다. 벽면 한켠에 소박하고 복고적인 분위기로 디스플레이된 작품들은 보기에 편했지만 또 다른 분위기로 공간을 분할했다. 한지에 독특한 채색 기법을 입힌 새로운 장르의 회화 작품이라고 옆에 선 사람들 중 누군가 말했다. 나른해 보이면서도 아찔한 감각이 느껴졌다. 테이블 쪽으로 가자 샴페인을 터트렸는지 바닥 한쪽이 젖어 있고 보사노바풍의 재즈가 실내를 어루만지듯 떠다녔다.

안쪽에서 목이 드러난 하얀 민소매 원피스를 입은 여자가 손을 내밀며 다가왔다. 오셨군요. 활짝 웃으며 손을 꼭 잡는데 친밀감과 치기스러움이 동시에 느껴졌다. 팔 군데군데 물감이 묻어 있고 손바닥은 싸늘하고 축축했다. 웃다가 살짝 입을 다물자 다른 얼굴인 듯 단아해 보이기도 했다. 여자의 침대가 떠올랐다. 이번 초대전의 주인공이에요. 여자가 멋쩍은 표정으로 옆에 서 있는 삼십대 초반의 남자를 소개했다. 남자와 그림에 대해 잠깐 이야기하고 두 명의 사내가 앉아 있는 안쪽 테이블에 자리를 잡았다. 샴페인? 맥주? 럼주? 여자가 옆에 서서 시원스레 눈을 떴다. 맥주를 한 모금 하는 사이 음악이 바뀌고 캐주얼 차림의 사내가 클래식 기타를 연주했다.

와악. 여자가 있는 쪽에서 일제히 웃음이 쏟아졌다. 키가 훤칠한 사내가 나타나 건너편 테이블의 빈자리에 앉았다. 사내가 주위를 두리번거렸다. 갤러리 계단에서 마주친 사내였다. 사내의 시선이 힐긋대며 여자의 동선을 따랐다. 서치라이트 아래에서 머리색이 제각각인 여자 세 명이 온몸을 흔들며 레게풍의 댄스를 끝내고 들어가자, 여자에게서 눈길을 떼지 않던 사내가 색소폰을 들고 앞으로 나갔다. 안내 데스크에 있던 여자가 나에게 다가와 손바닥보다 조금 커 보이는 상자를 내밀었다. 소품이에요. 마음에 들지 모르겠지만 또 뵙게 된 기념이에요. 색소폰 소리와 주위의 소란에도 목소리가 또렷했다. 웃는 얼굴로 고맙습니다, 하고 상자를 받아 테이블 한쪽에 놓았다. 여자가 다시 맥주병 마개를 땄다. 색소폰 음색이 절정인 듯 현란했다. 여자가 마시던 병을 살짝 들어 보이고는 뒤쪽으로 갔다. 안에 대해 얘기할까, 그냥 갈까 생각하며 맥주를 마셨고 병이 빈 것을 확인하고 일어섰다. 여자가 저쪽에서 벌떡 일어서더니 지상에서 약간 뜬 듯 한들거리며 출입문으로 가는 내게 다가와서는 와줘서 정말 고맙다고 아쉬운 표정을 지었다. 그리고 웃음소리가 들리는 쪽으로 몸을 돌려 가버렸다.

계단을 내려와 내리는 비에 걸음을 멈췄다. 전방엔 어

둠이 점령해 있고 바람이 몰아쳤다. 언덕을 내려오다가 자동차 시동을 껐다. 창밖이 흐르는 물속 같았다. 바람 소리가 괴기스럽다고 생각하는데 눈이 슬며시 감겨왔다. 잦아드는 바람 소리 너머로 파티의 정경이 펼쳐졌다. 들 뜨거나 나른한 표정의 사람들, 따뜻하고 차가운 불빛, 작 업 중인 듯 여자의 팔뚝에 물감이 묻어 있었다. 는개가 가 득한 저쪽에서 여자가 다가와 조그마한 액자를 내민다. 손을 뻗어 잡으려 하자 여자의 얼굴이 슬그머니 뭉개진 다. 헉. 손이 움찔하며 눈이 뜨였다.

먹먹한 머릿속을 헤집고 바람 소리가 날카롭게 파고들 었다. 그사이 꿈을 꾸다니. 빗줄기가 시커먼 차창을 거세 게 때리고 있었다. 시각을 확인했다. 파티가 곧 끝날 것이 고 여자와 안에 대해 이야기할 수 있을 것 같았다. 창밖은 마리아나의 바다로 몸을 던진 순간 느꼈던 심해 같았다. 와이퍼를 빠르게 작동시켰다. 심해를 탐사하듯 천천히 언 덕을 올라갔다.

갤러리 건물로 다가가자 이층에서 번지는 엷은 불빛 위 로 시커먼 뒷산이 건물을 감싸 안듯 일어섰다. 마지막 태 풍인지 바람이 제 세상인 양 울부짖었다. 계단 옆에 수국 은 보이지 않고 흩어진 화분 조각이 불빛에 번들거렸다. 성큼성큼 이층으로 올라가 문을 열자 어스름한 불빛 한

줄기가 통로를 이어주었다. 고요했다. 테이블과 빈 병, 의자가 만든 실루엣들이 엉켜 어른거렸다. 황량한 기운이 감돌았다. 계십니까, 나직이 말했다. 조용했다. 안 계세요? 하고 목소리를 조금 높였다. 인기척이 없었다. 불빛을 따라 테라스로 갔다. 창으로 달려드는 시커먼 바다를 할로겐램프 하나가 겨우 물리고 있었다. 비스듬히 열려 있는 철문을 지나 붉은 계단을 조심스럽게 올라갔다. 아아, 이대로 끝났으면. 낭창한 목소리가 들려왔다. 방 입구 벽 쪽으로 몸을 바짝 기댔다. 여자 혼자가 아닌 것 같았다. 어쩌면 안이 있을지도 몰랐다. 숨을 멈추고 고개를 내밀었다. 텁텁한 공기가 젖은 얼굴에 덮쳤다. 침대 머리 쪽에 놓인 스탠드 불빛이 은은하게 주변을 비췄다. 그리고 여자. 그늘져 짙푸르다 못해 암녹색에 잠긴 듯한 침대 끝, 두 개의 조각 봉 사이에 알몸인 여자가 앉아 있었다. 바다 쪽으로 난 창을 바라보는지, 그림을 보는지 미동 없이 정면을 응시한 여자는 손에 든 술병을 천천히 입술로 가져가 기울였다. 사막에서 마지막 한 방울을 핥듯 했다.

빈 병임을 확인한 여자는 일어나 건들거리며 이젤 앞으로 갔다. 거기 환칠을 하다 만 듯한 먹빛 그림이 있었다. 팔을 뻗어 여러 도구가 담긴 왜건에서 붓을 집어 들었다. 색을 섞는지 붓을 든 손이 왜건 위에서 재바르게 움직이더니 화폭에 붓질을 하기 시작했다. 안의 말대로 어깻죽지에 배추색 새가 있었고, 날듯이 움찔, 했다. 안이 여자의 문신을 처음 보았을 때가 여덟 살이라고 했다. 호랑이나 사자도 아니고 하필이면 작은 부리에 조각칼 같은 발톱이 여러 개인 새일까 했지만 언제쯤인가 여자의 마음을 알 것 같았다고 했다. 아무래도 상처의 크기에 맞추다 보니 새가 적합하지 않았을까요, 하며 난해한 미소를 지었다.

뇌성이 울리고 번개가 번쩍였다. 여자의 몸이 하얗게 드러나며 어깨에 박힌 새가 날아오를 듯했다. 창으로 고개를 돌린 여자가 아, 탄식인 듯한 소리를 내더니 돌아봤다. 그리고 웃음을 지었다. 오셨군요. 바닥에 널브러진 가운을 휘감듯 걸치면서 말했다. 속살이 훤히 비쳤다. 나는 무르춤하여 입을 다문 채 한 걸음 내딛을 수밖에 없었다. 여자가 바라본 시커먼 창에 방 안이 고스란히 담겨 있었다. 문틈에 끼인 듯한 나의 모습까지도.

안에 대해 할 얘기가 있다고 하려다 파티가 바로 끝났나 보군요, 하고 멋쩍은 표정을 지었다. 아무래도 이 상황과 상담사가 맞지 않다는 결론이 머리를 스쳤다.

여기 원래 그래요. 여자가 대답하며 마시던 술병을 내밀었다. 나는 술병을 받아 바닥에 두고 다음에 오겠습니다, 하고 몸을 돌려 계단을 밟았다. 다른 선택이 없었다. 안에 대한 얘기가 의미를 찾으려면 다른 날이어야 할 것 같았다. 등 뒤에서 나른한 음성이 들려왔다. 자신의 행동에 믿음이 없군요.

곧장 걸어 나와 자동차에 올랐다. 언덕을 내려오는데 야릇한 기분이 들었다. 여자가 마치 나를 기다린 것 같았다. 안개에 잠긴 길을 종일 걸은 듯 후줄근했다. 안도 여자도 제정신이 아닌 게 분명했다. 파티를 즐기던 사람들…… 그들이 여자와 안에 대해 아는 건 무얼까.

그 사람 역시 어딘가에서 모임을 가지고 열정을 녹여 노래를 부르고 밥을 먹고 잠을 잤겠지. 마주쳐도 몰라볼 타인으로.

드문드문 비치는 가로등 빛에 오각형의 정자 꼭대기가 보였다. 눈앞에 무언가 슥, 지나간 듯했다. 순간 목이 꽉 막혔다. 죽이고 말겠어. 귓가에서 나지막한 음성이 들려왔다. 안이었다. 결박된 목을 어떻게든 풀어보려고 안을 설득하다가 버둥거렸다. 그럴수록 숨통이 조여들었다. 여자 방에서 나오는 걸 봤어. 분노 찬 목소리에 힘이 빠졌다. 슥석슥석. 규칙적인 와이퍼 동작 너머 어둠 속에 한 가닥 연기 같은 것이 일렁거렸다. 그것이 무엇인지 보려고 애를 쓰며 이 순간이 불가사의하다고 느꼈다. 그리고

불현듯 어린 시절 기억에 지배당해 여기까지 끌려왔다는
생각을 했다.

나를 보내는
숲

남편의 영정 앞으로 여자가 다가가고 있었다. 질끈 동여맨 생머리에 흰 원피스 차림인 작은 체구가 이십 대를 갓 넘긴 조카 또래쯤으로 보였다. 화장로로 이동하려던 남편의 식구와 친척들이 어리둥절한 표정으로 멈춰 섰다. 혼란스러워하면서도 이내 남편의 여자임을 직감한 눈치였다.

눈도 깜박하지 않고 영정을 바라보던 여자가 고개를 끄덕였다. 좁은 어깨가 움찔하더니 또 끄덕했다. 여자의 턱에서 투명한 액체가 떨어져 볼록하게 솟은 배에 닿았다. 제 신세 한탄을 하는지, 남편의 죽음을 애도하는지 알 수 없었다. 여기까지 올라온 여자의 태도를 어떻게 해석해야 할지. 나는 몸을 돌려 화장장 출입구 쪽으로 갔다. 건너편 대기실에 또 다른 유족들이 북적이고 있었다.

건물 밖은 깔끔하게 조성된 화단에 햇살이 치렁했다.

진한 색조를 띤 꽃들이 제각각 또렷한 윤곽을 드러냈다. 주차 공간을 가로질렀다. 옅은 바람에 꽃잎들이 일제히 하늘거렸다. 건너편 숲에서 새들이 우짖으며 날아올랐다. 장의 버스만 아니면 화장터가 아니라 근린공원이라 할 만했다.

휘어진 도로를 따라 걸어 내려갔다. 이마에서 땀이 흐르기 시작했다. 두리번거렸지만 햇살을 피할 곳은 없었다. 경계석에 엉덩이를 걸쳤다. 산을 깎아 계단식으로 만든 공원묘지는 봉분마다 활짝 핀 조화 송이가 울긋불긋했다. 조악한 꽃밭 천지였다.

여자의 꼭 다문 입술 선이 일그러지면 감당할 수 없는 말이 쏟아질 것이었다. 여자, 여자의 뱃속에 있는 존재, 그리고 나에게, 남편은 해서 안 될 짓을 한 것도 분명했다. 마음의 형편대로라면 이렇게 조용한 장례여서는 안 되었으나 관습대로 상복을 입었다. 하지만 그의 화장을 나까지 함께 지켜보고 싶지 않았다. 화장이 끝날 때까지 장의 버스에서 기다리기 위해 왔던 길로 올라갔다.

유족들을 태운 버스는 출발한 지 얼마 지나지 않아 멈출 곳을 찾기 시작했다. 이내 토하기 시작한 여자 때문이었다. 의자 등받이 틈으로 오렌지색 뒤통수가 맥없이 흔들리는 것이 보였다. 정수리가 차창에 부딪힌 햇살을 받아 또 다른 색으로 희뜩였다. 남편과 어떻게 만났을까. 여자가 남편에게 먼저 안겨들었을까, 남편이 먼저 안았을까. 둘은 정말 아이를 원한 걸까. 아이보다 우리 삶이 우선이라고 했던 남편의 말은 뭐였는지.

차창 밖으로 눈길을 돌렸다. 산등성을 막 넘긴 해가 빽빽한 초목 사이로 빛살을 퍼트렸다. 눈에 익은 풍경이 지나가고 있었다. 선연한 빛깔의 사과알들, 그 사이로 반짝이는 햇발. 비스듬히 산을 돌아 사라지는 하얀 길. 남자는 아직도 과수원을 지키고 있을까. 스치는 풍경 속에서 한 남자가 떠올랐다.

빈소를 지키는 사흘 동안 잠깐 눈을 붙이면, 나는 여고 시절의 교실에 앉아 있었다. 시험이 끝나고 날개 돋친 듯 삼삼오오 떠나버린 텅 빈 교실에서 원초적 꿈을 횡단하는 놀음에 빠져들었다. 빈 책상들 넘어 창밖을 보면 건너편 산 너머로 해가 설핏 기울고 성긴 숲 사이 비쳐드는 방사형 햇살에 까닭 모를 조바심이 일곤 했다.

학교에서 길을 따라 산을 돌아가면 동네에 닿았다. 내가 사는 곳. 부엌 하나, 방 하나. 그곳에서 엄마와 둘이 살았다. 손바닥만 한 창을 열면 언덕을 따라 구불구불 휘어진 하얀 길이 눈부셨다. 그 길을 눈으로 짚어가다 멈춘 곳엔 길보다 환한 사과꽃이 만발했었는데, 방금 장의 버스가 그 앞을 지나온 듯했다. 차창에 이마를 대고 고개를 한껏 돌려 멀어지는 풍경을 눈에 담았다. 저곳에 꼭 가보리라고.

오오오. 놀람과 공포에 질린 함성이 갑자기 버스 안을 메웠다. 달리던 장의 버스가 옆으로 기울었다. 몸이 빙글 도는가 싶더니 주변 사물들이 폭발물처럼 터지며 눈앞이 캄캄했다.

*

주위를 둘러보았다. 보랏빛 이내가 낀 저편에 구름이 가없이 펼쳐졌고, 그 아래 꺼뭇한 산봉우리들이 어깨를 나란히 하고 있었다. 눈길이 가는 곳마다 비슷한 풍경이었다. 천천히 일어나 걸음을 뗐다. 어디로 가야 할지 알수 없지만 사람들을 찾아야 했다. 버스 속 얼굴들을 떠올려보았으나 나와 상관없는 몇몇 얼굴만 지나갔다. 어쩌면 나를 버리고 모두 사라진 것일지도 몰랐다. 그렇다고 해도 이상할 것은 없었다. 남편으로 인해 한동안 한집안이었다는 사실이 껄끄러워졌으니 있을 법한 처세일 수 있었다. 나로서는 여자가 눈앞에 없다는 사실만으로 살 것 같았다.

긴 치마가 다리 사이에서 거치적거렸지만 좁은 보폭으로 빨리 걸었다. 숨이 금방 턱밑까지 차올랐다. 그래도 무언가에 떠밀리듯 쉬지 않고 걸었다. 얼마나 걸었을까.

차창으로 봤던 풍경이 멀리서 모습을 드러냈다. 높은 산세가 그윽해 보였다. 차창에 기대어 막 성숙한 초록을 내뿜는 산세를 목이 아프도록 돌아보며 기필코 다시 오리라 마음먹었는데, 신기하게도 눈앞이라니.

눈가에 흐르는 땀을 훔쳐내며 덤불에 얽힌 관목들을 헤치고 숲으로 들어갔다. 습기 찬 풀 냄새가 훅 끼쳐왔다. 공기는 서늘했으나 발밑이 푹신했고 하늘을 메운 나뭇잎들로 아늑했다. 단번에 한 생을 건너뛴 것 같았다. 사르락거리는 소리에 귀를 기울였다. 사르락사르락. 나뭇잎에 바람이 스치고 있었다.

산책하듯 숨을 고르며 걸었다. 걷다가 멈추었다. 과수원이 있을 것만 같은 언덕바지에는 키 낮은 잡목들이 군락을 이루고 있었다. 계속 걸었다. 숲은 가팔라진 지 오래였고 더는 젖은 몸을 가누기 어려웠다. 바위 틈을 발견하고 그대로 주저앉았다. 칠부 능선까지 올라온 듯했다. 달아올랐던 몸이 싸한 바람 한 줄기에 싸늘하게 식었다. 주위가 빠르게 어두워지고 있었다. 달리는 자동차의 굉음이 희미하게 들려왔다 멀어져갔다. 바위에 등을 바짝 붙였다. 머리를 기대자 어둑한 하늘 저편에 푸른 조각달이 구름 속으로 빠르게 빨려 들고 있었다. 천공 저편에 바람이 제법 부는 모양이었다. 망망한 밤바다에 선단을 이룬 듯한 구름 조각이 금세 두텁게 뭉치더니 희붐한 달빛마저 삼켰다.

눈을 감았다. 아득한 지난 시간이 스멀거렸다.

아이를 갖기보다 삶의 질이 먼저라는 남편의 말에 집부터 마련하자며 나는 선뜻 통장을 내밀었다. 하지만 남편은 사업 확장에 열을 올렸다. 통장 잔액은 사업 자금 충당으로 쓰였고 야심을 가진 모습이 나쁘지 않았다. 출장으로 외박할 때면 미리 알려주었고 나갔던 모습으로 돌아왔다. 하지만 내가 몰랐던 그의 휴대전화기, 결코 열어볼 수 없는 것이겠으나 언제까지 그럴 수 없었다. 결혼 삼년차에 접어든 어느 날, 남편이 욕실에 가 있는 사이 진동했던 휴대전화 창엔 '당신, 지금 와줄 수 있어?' 문자가 떠 있었다. 나란 존재가 사라지는 순간이었다.

여고 때, 텅 빈 교실에 자주 앉아 있었다. 거기서 나는 나를 느꼈다. 교실 창으로 어둠이 내리는 산마루를 보고 있으면 엄마와 내가 사는 집은 어느새 사라지고 나는 한 남자와 있었다. 산 중턱에 위치한 나의 집 위 과수원, 거기 사과나무 사이에서 얼핏얼핏 보였던 그는 과수원 안에 있는 오두막으로 나를 데려갔다. 거기서 나는 여생을 보낼 것이라 생각했다. 낮에는 발간빛으로 반짝이는 사과알을 따다가 석양의 마지막 빛살이 스러지면 오두막으로 들어 땀에 밴 옷을 훌훌 벗어던지고 아릿한 시간을 보낼 것이다. 그와 백발이 되도록 그리할 것이다.

그러나 학교를 마치면서 도시로 나왔고 남편을 만났다. 남편은 도시에서 공부한 사람이었다. 결혼을 하고 얼마 지나지 않아서 밤이면 생각이 깊어갔다. 물 위에 쓰는 글씨처럼 생을 보낼 수밖에 없는지.

한숨이 흘러나왔다. 하늘을 보다가 두 다리를 쭉 벋었다. 알 수 없는 사이 여기까지 왔지만 뭔가 잘못됐다고 하기엔 일렀다. 날이 밝으면 이 산을 마저 오르리. 고개를 숙이고 어둠을 응시했다. 바람 소리가 스산했고 산새들이 제 존재를 가끔 알려왔다. 가까이서 멀리서 풀벌레 소리, 누군가의 발걸음 소리였던가. 두리번거렸지만 아무것도 보이지 않았다. 지나온 모든 것이 어쩔 수 없는 일이라고 생각하다가 스르르 눈을 감았다.

목덜미가 따뜻한 느낌에 눈을 떠 보니 잠들었던 곳은 거의 벼랑 끝이었다. 조금만 옆으로 몸을 돌려 기대었어도 천 길 나락으로 떨어질 자리였다. 순하고 부드러운

빛 아래 줄곧 있었던 기분이지만 쓴웃음이 나왔다. 생과
사는 한 발짝 차이일 뿐이었다. 살아보라는 하늘의 지시
로 여겨졌다. 흙바닥에 돌멩이가 햇살에 반짝였다. 뻥 뚫
린 하늘 아래 웅숭깊은 산세의 말갛게 씻긴 자태가 서서
히 눈에 들어왔다. 허리에 묶여 있던 느슨한 끈을 조이고
산을 오르기 시작했다. 평소 신던 운동화라 다행이었고
광활한 허공과 맑은 공기가 배도 고픈 줄 모르게 했다.
순간순간 따라붙는 해가 본격적으로 빛을 내뿜기 시작
했다.

정상에 올라야 했다. 거기라면 내 생이 또 다르게 시작
될 이유가 존재할 것 같았다. 과수원집 남자가 거기서 어
쩌면 나를 기다리고 있을지도 몰랐다. 조그맣게 뚫린 창
문을 통해 그를 훔쳐 본 사실을 그가 모를 리 없었다. 뼛
속 깊이 사랑하는 사람과 하루를 새기듯 둘만의 생을 꿈
꾸던 시절이었다. 오두막을 품은 사과나무 숲이 서서히
낙조에 물드는 것을 바라보며 누구도 맛보지 못한 사랑
을 쟁취할 거라고 자부했었다. 이제 그를 찾아 너른 산의
품에 대책 없이 안겨볼 것이다.

발걸음은 정상에 다다를수록 이력이 났는지 산을 잘도
탔다. 몸은 없는 길을 만들어가는 발소리에 매료되어 있
었다. 신명이 났다. 방금 만들어진 지상인 듯 눈앞의 풍경

이 맑고 순했다.

숨이 가빴다. 내내 밟힌 치마 끝단이 너덜너덜했지만 계속 걸어 올라갔다.

문득 빽빽한 숲이 끊겼다. 태양이 정수리를 지나고 있었다. 저편으로 시퍼런 계곡이 보였다. 정상이었다. 정수리가 따끔따끔했다. 바람 한 줄기가 등골을 훑었다. 아아. 다리를 벌리고 그 자리에 철퍼덕 앉았다. 슬그머니 허리춤을 더듬고 용을 써서 속곳을 내렸다. 바람이 귓불을 만지고 흐늘거리며 쓰라린 허벅지 안쪽을 거쳐 치마 속 깊숙한 곳을 건드렸다. 망초 무리가 비탈진 저편에서 어지러이 흔들렸다.

따글따글한 햇살 아래 뻗어 있는 골짜기들이 자잘한 빛을 뿌리며 반짝였다. 적요했다. 산새들이 노래인지, 사랑을 나누는지 알 수 없는 소리로 제각각 우짖을 때도 적요한 느낌이었다. 손바닥으로 풀잎을 쓸었다. 향긋한 풀냄새가 코끝에 스쳤다. 바람이 선선했다. 어디선가 그윽한 사과 꽃향내가 풍겨왔다. 달아나고 싶어 안달 난 아이처럼 일어섰다. 과수원이 근처에 있을 것 같았다.

숲으로 들며 버찌와 산딸기를 나뭇잎에 받아 먹었다. 과수원은 보이지 않았고 인기척 역시 없었다. 거처로 할 만한 곳도 보이지 않았다. 땅이 고르면 주위가 휑했고 바위는 우선 좋았으나 여러모로 위험했다. 그늘이 짙은 땅은 습했고 햇살이 드는 곳은 손으로 얼굴을 가려야 했다. 치맛자락에 열매와 산나물을 담아 걷다가 먹고 걷다가 잠들었다. 운동화 밑창이 벌어졌다. 해가 몇 번인가 기울고 다시 뜨는 동안 인적을 볼 수 없었다. 다행이기도 했지만 아쉬움도 깃들었다.

이런 이중적인 기분은 뜻밖이었다. 아파트에서 벗어나는 시간은 일주일에 한 번 장을 보러 가는 때, 어디에고 기웃거리는 법 없이 살 것만 사서 곧장 돌아왔었다. 언제부턴가 누구와도 마주치기가 꺼려졌다. 정확히 말하면 남편에게 여자가 있다는 사실을 알고부터였다. 남편의 여자는 당당했다. 보지 않아도 알 수 있었다. 당신, 으로 시작하는 문자 메시지에는 내가 뱉어야 할 말들이 발광發光하고 있었다. 협박조의 애정 어린 격려, 명령 투의 사랑 고백, 키득거림이 이어졌다.

시간이 흐를수록 사람과의 관계가 어떻게 형성되는지 알 수 없었다. 더구나 남편과의 관계는 도무지 알 수 없었다. 남편의 마지막은 여자에게 휴대전화로 하트 이모티콘을 날리다 산화된 모습이었다. 사고가 난 날에도 남편은 여자에게 문자와 이모티콘을 스무 통 정도 보낸 것이 확인됐다.

세차게 떨어지는 물소리가 들려왔다. 물소리를 따라 안개가 자욱한 골짜기를 걸었다. 이슬이 발목을 적셨지만 먹을 물을 발견하진 못했다. 비탈을 한 발로 버티며 내려가는데 희끄무레한 물체가 먼 곳에 나타났다. 걸음을 멈추고 눈을 크게 떴다. 물체는 움직이지 않았다. 안개 때문인지 윤곽이 흐린 그것은 다가갈수록 점점 집의 형태를 갖추었다. 너와 지붕에 흙과 짚을 이겨 만든 벽이 버려진지 오래인 듯 흉물스러웠다. 방문을 향해 나직이 계세요, 했다. 아무 소리도 들리지 않았다. 문이 벌컥 열릴 듯했지만 불어오는 바람에 흔들릴 뿐 몇 번을 불러도 꼼짝하지 않았다. 뒤돌아서 골짜기를 보며 누구 없어요, 하고 더 큰 소리로 외쳤다. 집 뒤의 울창한 대숲이 쏴아, 하고 뒤채었다. 무성한 잡초 사이로 날벌레들이 붕붕거렸다.

댓돌을 딛고 엉덩이만 겨우 붙일 크기인 쪽마루에 앉아 방문을 기웃거렸다. 판자로 된 미닫이문엔 두 가닥으로 꼬인 줄이 매달려 있었다. 잡으려 하자 스르르 문이 열렸다. 몸이 뻣뻣해왔지만 눈을 크게 떴다. 서늘한 기운이 흘러나오는 컴컴한 안쪽엔 아무런 기척이 없었다. 살그머니 한 발을 들이밀었다. 어둑한 안쪽이 서서히 드러났다. 천정에 쇠줄로 드리워진 남포등, 이불과 요가 얹힌 선반, 그 아래 운동복 한 벌이 걸려 있었다. 크지 않은 방을 둘러보고 나와 마루 옆으로 고개를 돌리니 경첩이 떨어져 비뚜름한 문짝이 있어 밀었다. 꼼짝하지 않아 두 손으로 힘껏 밀었다. 번쩍 들리며 아궁이에 걸린 까만 솥이 눈에 띄었다. 솥은 비어 있었고 나무로 만든 찬장과 쌀이 조금 든 단지, 그 옆에 잡곡 몇 줌이 담긴 함지박에 먼지가 소복했다. 바닥의 가장자리 따라 웃자란 풀들이 건들거렸다. 시퍼런 대궁 틈에서 뱀이 튀어나올 것 같았다. 누군가의 오래된 무덤 속 부장품에 손을 댄 것인지도 몰랐다. 발목이 저릿했으나 태연한 자세 말고 할 게 없었다.

비가 오면 비를 맞고 바람이 불면 바람 따라 걸으며 세월을 궁굴렸다. 말이 궁굴렸다지 투쟁했다. 어두워도 불을 지피지 않았고 어떤 기척도 놓치지 않았다. 주인을 알 수 없는 울타리 안에서 나는 더 예민했다. 내력을 알 수 없는 집에 연루될까 두려웠지만 상복을 입은 몸이었다. 시도 때도 없이 남편을 향해 애끓는 속내를 퍼붓다 풀이 죽곤 했다.

그래도 날마다 조금씩 집을 가꾸었다. 아침 이슬에 흠씬 젖은 수목들이 내뿜는 청명한 공기가 가슴에 스며들면 잡초를 뽑고 물 떨어지는 소리에 제법 먼 곳에서 물을 길어와 솥단지를 씻었다. 건너편 골짜기에서였다. 상복을 빨고 물질 흉내도 냈다. 조금만 먹고 조금만 일했다. 하루하루가 단순하게 흘러갔다.

계절이 깊어지는 사이 주변을 알아가며 더 편안했다. 왠지 몸 안쪽에서부터 솟아나는 힘에 자신감이 넘칠 지경이었는데 예전에 비하면 과도한 힘이었다. 하지만 즐겼다. 이른 아침 빛에 미처 사라지지 못한 운무 속을 거닐고 싶으면 그리하면 되었다. 촉촉하고 신선한 습기를 온몸으로 빨아들이듯 꽃과 나무를 보며 말을 걸었다. 가까이 두고 보고 싶은 것은 집 마당으로 가져오고 손대기조차 아까운 것은 다시 가서 봤다. 낮에는 계곡물에 물질하듯 몸을 담그고 너럭바위에서 뒤척이다 잠에 빠졌다. 한주먹도 안 되는 곡식과 열매로 이른 저녁을 먹고 하늘을 보다가 잠들었다. 태평이었다.

온전한 여자로서 운명적인 사랑을 하고 싶다고 까마득한 벼랑을 구르며 떨어지는 폭포수 아래에서 생각했다. 물에 비친 내 얼굴을 보고 '호박'이라고 이름 붙인 못에서 나와, 너럭바위에 알몸으로 누워 한낮의 바람이 몸을 훑는다고 느끼는 순간이었다. 천천히 몸을 굴려 물속으로 들어갔다. 자맥질을 하고 또 했다. 몸이 점점 뜨거워졌다. 어느 사이 젖꽃판이 팽팽해졌고 유두가 분홍빛으로 물들었다. 가만가만 몸을 만졌다. 짙푸른 물결 위에 나뭇잎이 우수수 떨어졌다. 적막했다. 물에 누워 더 높아진 하늘과 깊은 색깔을 머금고 둘러선 능선을 둘러보았다. 하늘과 능선의 경계가 칼로 오린 듯 또렷했다. 몸에 감겨오는 물의 결들도 또렷하게 느껴졌다. 세월을 거스르는 느낌이었다.

얼핏 산꼭대기에서 어떤 움직임이 포착됐다. 바람인가 짐승인가 하는 순간, 나무 사이에서 몸 하나가 나타났다 지워지듯 나무 뒤로 사라졌다. 나는 재빨리 물속으로 몸을 숨기고 고개를 내밀었다. 어느새 시야에 뚜렷하게 잡히는 것은 몸이었다. 다가오고 있었다. 남자였고 알몸이었다. 남자는 아름드리 들꽃을 한 손에 쥐고 어떤 의욕이 가득한 웃음을 머금고 있었다. 귀골이 장대하지 않더라도, 이런 웃음을 가진 남자는 세상에서 언제나 신사로 분류되곤 했다. 푸른 옥을 깨부수듯 물살을 철벅이며 다가온 남자는 더 깊이, 내가 있는 곳으로 다가오기 위해 꽃다발을 머리 위로 쳐들었다. 얼어버리려는 의식을, 필사적으로 두 발을 움직여 일깨웠다. 남자가 꽃다발을 내밀었다. 정신을 가다듬으며 한 손을 내밀어 꽃을 받아 쥐었다. 남자는 말이 없었다. 나도 말을 잃은 듯 입을 다물었다. 허리에 무언가 감겨 왔다. 남자의 손이었다. 남자는 나를 만졌다. 나는 꽃다발을 안은 채 남자의 손에 몸을 맡겼다. 아까울 것이 없는 순간이었다. 해가 지고 해가 솟을 때까지 우리는 그곳에 머물렀다.

달빛이 가득한 밤, 남자는 폭포와 함께 여러 번 떨어지며 묘기를 보였고 감탄해 마지않는 나에게 말했다. 너와 내가 만난 이상 더 나은 세상은 없어. 그의 말에 희열이 무엇인지 깨달았다. 남자는 말수가 적었지만 다정다감했고 생존을 위한 어떤 분주함도 없었다. 나는 남자보다 부지런 떠는 것이 좋았다. 산은 많은 것을 주었다. 색이 깊어지면서 또 다른 열매들과 뿌리, 진기한 먹을 것을 내놓았고 남자 것을 챙기며 기뻤다.

우리는 여름 내내 물가에 살았다. 해가 지면 은박지 같은 달이 우리 몸을 비추었다. 몸이 탐스러운 줄 거기서 알았다. 비가 아픈 줄도 그때 알았다. 너럭바위에 누워 소낙비를 고스란히 몸으로 받았다. 쏟아지는 빗줄기는 매질에 가까웠으나 피하고 싶지 않았다. 비가 그치자 물오른 나뭇가지에 새들이 깃들고 내 몸에도 물이 올랐다. 우리 사이도 물이 올라 이전에 도무지 몰랐던 기쁨이 깃들었다. 가을이 깊어지며 또 다른 한세상이었다. 삶은 단순했고 성성한 감정에 매일 충실했다.

대숲에서 들려오던 바람 소리가 잠잠했다. 누운 채 방문을 열어젖혔다. 끝없는 백색 공간 가득 눈이 날리고 있었다. 남자는 덮은 이불 그대로 나를 감아 안고, 밤새 내려 푸릇한 눈밭을 포삭포삭 밟고 집 뒤편 대숲을 지나 동굴로 들어갔다. 우리는 불을 지피고 동굴 밖에 날리는 눈밭을 보며 이불을 턱밑까지 끌어당겼다.

메마른 가지에 쌓인 눈이 녹았다가 쌓이는 날이 이어졌다. 청솔가지 타는 냄새를 맡으며 자글자글 끓는 구들장을 깔고 뼈가 무르도록 서로를 탐했다. 그러다가 밖으로 나가 칼칼한 눈발이 가득한 천지를 집어삼킬 듯 함성을 지르며 뛰었고, 쌓인 눈을 어쩌지 못해 저 혼자 부러지는 나뭇가지 소리에 놀라 남자의 품으로 파고들곤 했다.

어느덧 대지에, 나뭇가지에 움이 돋았다. 우리는 벗은 몸으로 대부분 시간을 보냈고 여전히 서로 만져주기를 좋아했다. 비라도 쏟아지면 더없이 기분이 좋아져 멀리멀리 달아나고 달려갔다. 비에 젖은 여린 풀들이 발가락에 척척 감기는 대지를 달릴 땐 혼자라도 좋았고 몸에도 움이 돋는 듯 어딘가 근질거렸다.

운무가 자욱한 아침, 저만치 앞서가는 남자 뒤를 따르다가 너른 바위가 보여 드러누웠다. 잿빛 허공에서 빗방울이 떨어졌다. 이마로, 얼굴로, 목을 타고 빗물이 흘러내렸다. 선득했다. 찬 기운 때문인지 몸뚱이가 허공 속에 팽개쳐진 것 같았다.

아파트 앞 사거리. 거기, 건널목에서 이런 기분에 젖곤했다. 여자가 있는 남편을 어떻게 대해야 할지 몰라 온갖 상상을 하다가 건널목 앞에 있는 자신을 발견한 때가 몇 번이었나. 신호등이 또다시 바뀌기를 기다리며 등 뒤가 서늘했었다. 그런데 지금 왜 그 느낌이? 질문을 던져보지만 알 수 없었다. 그 어떤 생각도 떠오르지 않았다. 스스로도 알 수 없는 마음이라니. 설령, 금 하나가 가슴에 그어지는 듯했다. 허공을 바라보며 중얼거렸다. 이대로 휘발되었으면.

이리로 와. 멀리서 남자 목소리가 들려왔다. 여기, 여기야. 목소리를 따라 천천히 가자 흰 꽃 천지였다. 주렴같이 드리워진 빗방울 너머로 보얀 꽃나무 숲이 눈앞을 흐리게 했다. 완만한 경사를 이룬 풍경 속에서 윤곽만 보이는 남자가 손짓하고 있었다. 그쪽으로 다가갔다. 남자는 상기된 얼굴로 이게 모두 사과꽃이야, 이렇게 꽃이 피면 이삼일 내에 암술과 수술이 만나야 사과가 열리지. 건강한 꽃만 남겨두고 다 따줘야 해. 남자는 꽃송이를 따서 입에 넣었다. 가슴이 철렁했다. 과수원집 남자인가 싶어 새삼

유심히 봤다.

가을볕이 유난히 따가운 날 하얀 길을 내려오던 그는 쓰고 있던 챙이 넓은 모자를 조금 뒤로 재꼈다. 무심한 표정으로 창문을 천천히 닫으며 그 모습을 눈에 담았다. 그는 언제나 모자에 얼굴이 거의 가려 있어서 두툼한 어깨와 가슴, 완만한 턱선만으로 얼굴을 상상해야 했다. 터무니없는 착각을 한 것은 아니었다. 그의 눈매는 깊고 따뜻했었다.

눈앞의 남자가 고기인 양 쩝쩝 소리 내며 꽃을 씹었다. 볼썽사나웠다. 가지에 매달린 꽃송이로 눈길을 돌렸다. 푸른 잎 사이로 함초롬 젖은 백색 꽃망울이, 다복다복 핀 꽃송이가 지상의 꽃이 아닌 듯 요요하게 흔들리며 향기를 토했다. 흠씬 젖은 몸이 떨렸다.

추워? 남자가 묻더니 나를 번쩍 들어 안고 우람한 사과나무 아래로 데려다 놓았다. 잎사귀를 두드리는 빗소리가 요란했다. 남자가 입을 맞추었다. 입안이 쌉싸름했다.

비가 그치자 남자는 물고기를 잡아 왔다. 나뭇가지를 모아 마당에 불을 피우고 물고기를 꼬챙이에 끼워 구웠다. 쪽마루에 놓인 상 위엔 산나물과 풀뿌리, 구운 생선이 놓였다. 물이 불었는데 고기가 물보다 많더라고. 남자가 말끝에 씨익 웃고는 생선을 우적우적 씹었다. 언제부턴가 남자는 생선을 잡았고 잘 먹었다. 컥컥, 씹던 음식을 입에 물고 남자가 고개를 주억거렸다. 컥컥. 생선 가시가 남자의 목에 걸린 것 같았다. 컥컥. 고개를 주억거리며 자꾸 컥컥, 가시를 끌어올리려 했다. 숟가락을 들다 말고 남자를 쳐다봤다.

출장을 핑계로 나흘간 외박을 하고 돌아와 한밤중에 식사를 하던 남편이었다. 종일 굶었다는 말에 그날 엉겁결에 산 한 무더기 생선 중 몇 마리를 구워 식탁에 올렸다. 급히 먹던 남편이 컥컥, 눈을 희멀겋게 뜬 채 가시를 뱉으려고 했다. 말이 되지 못한 소리가 우렁우렁 가슴을 울렸다. 언제까지 속일 거니? 왜 내게 이러는 거니? 말이 되지 못한 소리가 명치에 쌓여갔다. 이혼이 능사가 아니었고 남편의 외도 이유를 알아야 했다.

남편의 행동에 의미를 찾고 분석하는 데 골몰했다. 그러나 시간이 지날수록 먹는 것에 골몰되었다. 몸에 살이 오를수록 예민해졌고 혐오하는 것이 많아졌다. 행동이 느려지는 만큼 가슴이 답답했고 남편을 냉소했다. 남편의 표정은 무심했고 남편의 휴대전화에 뜬 여자의 문자는 여전히 나를 투명인간으로 만들었다.

눈앞에 있는 이 남자 역시 나를 보이지 않는 존재로 여기고 있었다.

칵. 외마디 소리를 내뱉은 남자가 한껏 입을 벌리고 손가락으로 가시를 뽑으려고 애를 썼다. 마침내 가시를 꺼낸 남자는 자신의 허벅지에 슥슥, 손가락을 문지르고 밥을 먹었다.

이맛살을 찌푸리며 옹색한 밥상을 바라봤다. 쉼 없이 흘러가는 구름이, 산새 소리가, 저편과 이편의 풍경이 지루했다. 눈앞의 것들이 남루해서 삶을 내던져버린 것과 다름없어 보였다. 남자는 내 얼굴을 바라보더니 숟가락을 내려놓고 나를 안았다. 밀어내지 않았다. 남자의 몸은 오래 끓어올랐고 흠뻑 젖은 두 몸이 곤두서다 휘어졌다. 머리 위로 산 복숭아꽃 가지가 하늘을 향해 비스듬히 뻗어 있었다. 벌이 파고드는 발그레한 꽃송이는 미동이 없었다. 눈가가 젖어들었다. 눈을 감았다. 머릿속이 하얬다. 눈을 떴다. 마주한 남자의 뜰먹거리는 몸이 땀으로 번들거렸다. 스윽, 칼에 베인 듯 가슴이 아팠다. 손이 닿을 수 없는 아픔이었다. 마음이 제멋대로 뒤엉키고 있었다.

문득 남자가 뭐야 그 표정은, 하고 물었다. 혼자 있고 싶다고 말하지 못했다. 무언가 달라지고 있었지만 달라지는 것이 두려웠다. 남자는 언제부턴가 매일 달라지고 있었다.

아직도 해보지 못한 것들이 얼마나 많은지 모르겠다는

얼굴로 산에서 얻은 것들과 개울에서 얻은 것들을 내밀었고 불현듯 나를 깊이 안았다. 남자의 손이 뜨겁고 거칠어서 괴로웠다. 때로 너무 차가워서 화가 날 지경이었으며 때로 끈적이는 느낌 때문에 입술을 깨물었다. 급기야 눈앞의 몸을 힘껏 밀쳤다. 뒤로 밀려난 남자가 눈을 휘둥그레 떴다. 단박 일어나 마당을 가로질러 뛰었다. 될 수 있는 대로 남자에게서 멀어지고 싶었다.

남자가 하찮은 건지, 자신이 하찮은 건지, 남자와의 행로가 하찮은지. 삶이 원래 이런 건지 알 수 없지만 문제는 견딜 수 없는 가슴이었다. 콕 집어 말할 수 없는 느낌으로 가슴이 보깨었다.

얼마나 달렸을까. 뒤를 돌아보았다. 산허리쯤에 비스듬히 돌아앉은 납작한 집이 보였다. 풀숲에 앉아 오래도록 집을, 그 주변을 바라봤다. 해가 기울면서 시시각각 변하는 풍경이 떠나온 곳이라 여겨지지 않을 만큼 아름다웠다.

남자는 해가 지도록 나타나지 않았다. 집 주변을 뱅뱅 돌다시피 했다. 해가 돋고 지고 다시 뜬 해가 저물 때 남자가 떠난 것을 깨달았다. 능선과 능선이 이어진 숲 아래 개여울을 지나는 물소리 따라 어둠이 스멀거리며 올라왔다. 하늘엔 드문드문 별이 돋았다. 별과 별 사이만큼 막막했다. 그에 대해 아는 것이 아무것도 없었다. 남자는 지극히 간명하고 아쉬움 없는 대화만 남기고 사라진 것이었다.

쪽잠을 자고 일어나 선반 위에 개켜두었던 상복을 입었다. 물내가 산뜻했다. 하지만 남자와 함께한 시간 또한 한 벌의 검은 빛깔 속으로 빨려 들어간 듯 마음이 무거웠다.

푸릇푸릇한 어둠에 묻힌 길을 나섰다. 돌아올지 말지 알 수 없는 걸음이었다. 말하자면 알 수 없는 힘에 끌려갈 뿐이었다.

숲의 날씨는 대낮은 견딜 만했으나 밤이 되자 추위가 혹독했다. 다음 날은 종일 비가 오더니 해 질 무렵엔 싸륵싸륵 눈이 내렸다. 때로 가누기 힘든 바람도 불어왔다. 앞길이 미궁이지만 어느 방향이든 마찬가지이고, 남자와 있던 그곳에 머문다 해도 달라질 것은 없었다. 오히려 또다른 상황에서 남자를 만날지도, 혹은 다른 사람을 만날지도 모른다는 야릇한 기대가 스쳤다. 여자를 만났던 남편도 이런 심정이었을까. 그 마음이 어떠한지, 여자와 마주한 남편을 그려보지만 덧없는 짓이라 여겨졌다.

쉼 없이 길 아닌 길을 걸었다. 모든 것이 지나가고 있었다. 풍경이, 몸이, 의식이 그러했다. 밤과 낮 역시 반복하며 다른 형상으로 흘러가고 있었다.

머리 위로 한낮의 햇발이 쏟아졌다. 멀리 고요한 산들이 일렁이며 아득했다. 강바닥으로 끌려가듯 맥이 풀렸다. 꼬꾸라졌다. 가쁜 숨이 한참 이어졌다. 내 것이 아닌 소음으로 들렸다. 몸이 불었을 때도 불지 않았을 때도 이런 호흡을 한 적이 없었다. 그때가 진짜 나인지, 지금이 진짜인지 정확히 알 수 없지만 지금이 편한 게 사실이다. 이 산을 만나고 알았다. 편하다는 것이 이렇게 고유한 것인지.

숨소리가 잦아들자 적막이 감돌았다. 여린 풀잎이 소리 없이 흔들렸다. 머리 위로 뻗은 수목들, 허공을 비벼대는 잎사귀들, 일제히 살랑거리는 꽃대, 그 끝에 매달린 꽃송이들이 제각각 고요한 대기 속을 유영했다. 새의 깃 터는 소리, 지저귀는 소리, 풀벌레의 재빠른 날갯짓 소리가 멀거나 가까이서 정적을 깨트렸다. 모두 어디론가 빨려들어가는 중이었다. 모래시계의 봉긋한 모래 더미에서 알갱이 하나가 한쪽으로 빨려들 듯 흘러가는, 순간의 몸짓이 서로에게 틈이 되고 허공이 되고 있었다.

바람이 불었다. 어디선가 날벌레 무리의 날갯짓 소리가 요란하게 들려왔다. 악취가 풍겨왔다. 주위를 두리번거리며 일어났다. 몇 걸음 떨어진 경사진 곳에 형태를 알 수 없는 시커먼 물체가 눈에 띄었다. 눈구멍이 퀭하게 드러난 두개골이 짐승의 것인지 사람의 것인지 알 수 없었고 쇠파리들이 새까맣게 붙어 있다가 한순간에 날아오르기를 반복했다. 두개골에 구더기가 뒤덮여 바글거렸다. 어디에 시선을 둬야 할지 난감해 눈을 감았다 떴다 했지만 꼬물거리며 기어 다니는 낱낱의 모양과 욱실대는 허연 덩이에 눈을 뗄 수 없었다. 찬찬히 보았다. 두 개의 눈구멍이 움푹한 그것은 꿈틀거리며 이쪽으로 다가올 듯했다. 다시 살아 움직이길 갈망하는 몸짓 같았다. 집요한 의례. 싱싱했던 상처에 진물이 고이면 부드럽고 통통한 저것들의 절박한 움찔거림이 새로운 세상을 조직한다. 저 끈질긴 염원은 정염과 다른 것.

여자의 봉긋한 배를 보는 순간 정염이 흘러간 흔적이라 생각했다. 수태의 온전한 실마리가 있을 리 없었다. 그저 남편의 씨일 뿐이었다. 한숨이 새어 나왔다. 순간, 뭉쳐 있던 쇠파리 떼가 흩어지는가 싶더니 순식간에 달려들었다. 양손을 휘저으며 뒷걸음질을 했지만 소용없었다. 몸을 돌려 달렸다. 쇠파리 떼가 소리를 내며 그악스레 따라 붙었다.

들판을 가로질렀고 숲으로 들며 걸을 수 있었다. 드문

드문 보이는 쪼그라든 남천 열매와 진달래로 허기를 면했고 나무둥치에 기대 미끄러지듯 주저앉았다.

질문 하나가 떠올랐다. 원하던 것이 이거였니? 집요한 질문에 고개가 저어졌다.

엄마는 나를 지우려다가 낳았다고 했다. 핏덩이를 안고 아버지의 친구들을 통해 아버지를 수소문했다. 바뀐 전화번호로 아버지와 통화가 됐지만 어, 그, 하고 말을 더듬던 아버지는 미역국은 꼭 끓여 먹어야 된다며 적지만 돈을 통장에 넣어두겠다고, 곧 가볼 테니 몸조리에 신경 쓰라고 했다. 아버지는 엄마의 통장에서 상징처럼 자신을 드러냈다. 매달 사십만 원. 그 당시 아버지로서는 우리에게 예의를 다한 금액인 듯했다. 엄마의 표정이 그렇게 말하고 있었다. 결국, 나는 아버지 없이 결혼식을 올렸다. 잃어서는 안 될 것을 잃어버리고 속수무책 견디느라, 마주할 수 없는 것들을 마주하느라 창이 푸르스름할 때야 잠들곤 했지만 끊임없이 꿈을 꾸었다.

햇살이 하얀 과수원 한복판에 있기도 했고 얼굴이 분명치 않은 아기를 누군가의 손에서 받아 안기도 했는데, 안고 보면 아기가 '나'라는 사실을 저절로 알았다.

목이 메었다. 고개를 들어 허공을 바라봤다. 기시감이 들었다.

보랏빛 이내가 낀 저편에 구름이 바다처럼 가없이 펼쳐 있었다. 그 아래에 꺼뭇한 산봉우리들이 어깨를 나란히 한 채 하루치 세월을 건너느라 시시각각 색을 달리했다. 능선 끝자락이 반짝 빛났다. 마지막 햇살이 닿은 곳에 반득반득 빛이 튀었다. 강이었다. 산자락을 휘감고 흐른 강은 건너편이 보일 듯 말 듯했다.

물고기들이 자맥질하는 소리가 들려왔다. 어스름 속에서 강은 끊임없이 움직였다. 산란을 위해 물고기들이 모인 듯도 하고 까딱까딱 오라는 손짓 같기도 했다.

다가가 어른어른한 물결을 굽어봤다. 얼굴 하나가 보이는가 싶더니 알 수 없는 형체로 변했다. 목을 빼고 물속을 들여다봤다. 버스 안의 사람들. 내가 아는 사람들이었다. 남편을 묻고 돌아오는 사람들이었다. 가슴이 먹먹했다. 여자가 보이지 않았다. 물속에 손을 집어넣었다. 물감이 풀어지듯 형체가 풀어져 흘러갔다. 내 몸 역시 흐물흐물 풀어지고 있었다. 두 팔을 휘저으며 비명을 질렀다.

*

부유스름한 물체가 눈에 들어왔다. 구급차 소리, 날카로운 호각 소리, 사람들의 고함이 뒤엉켜 고막을 때렸다.

물체가 차츰 선명해지며 구겨진 버스가 눈에 들어왔다. 허공에 매달려 불그스름한 액체를 쏟아냈다. 외마디 비명이 튀어나왔다. 소리가 나지 않았다. 여기요! 하고 혼신으로 내지르며 몸을 일으켰다. 아, 어. 단음절이 흘러나왔고 간신히 머리를 들 수 있었다. 상황은 처참했다. 고통스러워하는 사람들 속에 여자가 보이지 않았다. 들었던 머리를 힘겹게 내려놓는데 조금 떨어진 곳에 얼크러진 노란 머리가 보였다. 여자는 봉긋한 배에 손을 얹은 채 모로 누워 있었다. 피투성이 얼굴 아래 원피스가 여자의 몸을 그대로 드러냈다. 싸늘한 바람이 지나가고 치맛자락이 부풀다가 가라앉았다. 문득 여자에게 흰 천을 덮어둔 것 같아서 이봐요, 하고 큰 소리로 불러보았으나 음성이 나오지 않았다. 팔을 뻗었다. 여자의 입술이 달싹이는 것 같았다. 다행이라 생각하며 다시 한 번 힘주어 외쳤다. 이봐요!

마라톤은
즐거워

겨우 절반 왔는데 허벅지가 뻣뻣하다니, 제기랄. 출발 전부터 뭔가 심상치 않더니만. 발걸음을 내딛는 것이 두려운지, 결승선에 도달하지 못할 것이 두려운건지…… 사실, 사업 운운할 때부터 알아봤다고 미란이 공박할 때마다 인생이 장난이냐고, 내가 얼마나 심사숙고했는지 알기나 하냐고 한마디 하고 끝내고 싶은 적이 한두 번이 아니었다. 사업 실패가 인생 실패라니…… 후, 참자, 파, 참고 뛰자, 후욱, 파, 훅, 파, 훅, 파.

형식은 솟아나는 생각들을 접기 위해 두 다리를 점점 빨리 움직이기 시작했다. 등교와 출근으로 북적이던 길이 어느새 한산했다. 막 벙근 꽃봉오리를 매단 벚나무 가지들이 머리 위로 빠르게 지나갔다. 너무 빨리 진다. 날리는 벚꽃잎을 안타까워하던 미란이 꽃송이를 머리에 꽂고 섹

시해? 하고 물을 때가 진짜 봄이었지.

형식은 어느새 신혼 초 어느 날을 더듬었다. 갑자기 자전거 한 대가 경적을 울리며 닿을 듯이 지나갔다. 반사적으로 피했지만 인도에서 뭐냐고, 소리치려다가 그만두었다. 잘나가던 벤처 기업 대표가 한순간에 무위도식자도 되는데 이 정도가 뭐라고 싶었다.

시각을 확인했다. 페이스는 흐트러졌고 아파트에 도착하기까지 여유가 있었다. 땀으로 번들거리는 얼굴을 셔츠 자락으로 훔치고 수통을 열어 물을 마셨다. 천천히 걸으며 허벅지 근육을 풀었다. 잠시 뒤, 반대 방향으로 서서히 속도를 내어 뛰었다.

아파트 입구로 들어서자 한 줄기 바람이 불어왔다. 이쯤에서 마주치는 사람이라곤 세탁소 남자, 주로 까만 정장 차림으로 출근하는 앞 동 여자와 아파트 경비 정도다. 형식은 보폭을 유지하며 달렸다. 머리카락이 희끗한 경비원이 웃음 띤 얼굴로 걸어왔다.

안녕하십니까.

네, 안녕하세요.

형식이 경쾌한 목소리로 대답했다. 집 앞 경비실까지 가는 동안 이런 인사를 대여섯 번 더 할 것이다. 인근 상가에 있는 공인중개사, 자전거로 출근하는 1층에 사는 아기 엄마, 맨 꼭대기 층에 있는 택시 기사의 아내. 아파트 상가에서 남편과 철물점을 운영하는 앞집 여자. 먼저 알아보고 인사를 건네는 그들에게 최대한 입꼬리를 올려 대답했다. 형식은 자신이 사는 동 경비실이 보이자 천천히 걸으며 호흡을 골랐다. 그리고 공동 현관문을 지나며 엘리베이터가 내려오는 중임을 확인했고 엘리베이터 출입구 옆에 부착된 거울을 봤다. 머리카락을 쓸어 넘겼다. 딱 붙은 민소매가 벌어진 어깨선 따라 땀에 젖어 두툼한 팔뚝을 도드라지게 했다. 큼큼, 목소리를 가다듬었다. 엘리베이터 문이 열리고 앞집 여자가 생긋 웃으며 걸어 나왔다.

어머, 안녕하세요?

언제나 그러하듯 톤이 높은 목소리로 오늘은 안녕하세요, 앞에 어머, 를 보탰다. 기분이 꽤 좋은 듯 보였다. 형식은 가볍게 목례하고 절제된 중저음으로 대답했다.

네, 안녕하세요.

여자가 지나가자 화장품 냄새가 풍겼다. 형식은 13층으로 올라가는 동안 엘리베이터 안에 부착된 거울을 보며 크게 호흡했다. 은은한 향이 코끝을 자극했다.

친구에게 어렵사리 입을 열어 일자리를 소개받고 나간

날, 적지 않은 공탁금이 있어야 한다는 말에 후줄근한 기분으로 아파트를 들어서다 말고 베란다를 올려다봤다. 혼자 있을 지아가 떠올랐기 때문이었다. 안 들어가세요? 등 뒤에서 들리는 소리에 고개를 돌렸다. 앞집 여자가 눈인사인 듯 새치름하게 웃으며 지나갔다. 하얀 블라우스 앞섶이 살짝 일렁였던가. 형식은 아, 예, 하며 여자 뒤를 따라 엘리베이터에 탔다. 지은 지 제법 된 아파트는 엘리베이터 안이 좁았다. 형식이 13층 버튼과 닫힘 버튼을 차례로 눌렀다. 엘리베이터가 움직이자 여자가 쓴 화장품 때문인지 묘한 냄새와 섹시한 느낌에 순간 무중력을 경험했다. 머릿속이 멍했고 이어 가냘픈 어깨가 팔뚝에 닿아 있음을 알았다. 생각보다 여자는 가까이 있었다. 닿은 자리가 점점 뜨거워왔다. 여자는 움직이지 않았다. 얼굴이 달아오르며 몸이 뻣뻣해지려 했다. 형식은 허리를 구부려 한쪽 무릎을 꿇고 스니커즈 운동화 끈을 고쳐 맸다. 여자가 단박 한 걸음 물러났다. 여자의 두 다리 아래 하이힐이 눈에 들어왔다. 여자를 볼 때마다 경쾌하다고 느낀 것은 구두 때문인가?

형광등 사러 갔을 때를 떠올려보지만 생글거리던 얼굴만 선명했다. 여자의 남편은 주로 현장 공사를 하고 여자가 가게를 지키는 것 같았다. 철물점에서 하이힐 신은 여자를 생각하자 아랫도리가 단단해왔다. 형식은 가만히 숨을 내뱉으며 반대쪽 무릎을 굽혔다. 제가 잘 묶어요. 형식의 코앞으로 여자의 얼굴이 다가왔다. 어느새 두 가닥 운동화 끈이 여자의 손으로 넘어갔다. 여자는 끈을 모아 잡고 천천히 손가락을 움직였다. 내리뜬 눈과 상당히 애교스러운 미소가 어떤 행동을 취해주기를 기다리는 것 같기도 했다. 이웃과 한 공간이 자연스러운 엘리베이터지만 여자와 이렇게 가까이 있는 건 생각지도 못한 일이었다. 어떤 말이나 행동을 취해야 했지만 알 수 없었다. 여자가 일어섰고 엘리베이터가 멈추며 도착 알람이 울렸다.

형식은 숨 막히는 탐사를 끝낸 듯한 얼굴로 엘리베이터에서 먼저 나와 여자의 집 쪽으로 한쪽 팔을 내밀며 목례를 했다. 과도하여 유머러스한 표현인데 여자가 박자를 맞추듯 명랑한 어조로 먼저 들어가요, 했다. 그리고 천천히 하이힐 소리를 내며 걸어가 도어록 번호를 누르고 문 안으로 사라졌다. 맥이 탁 풀린 듯한 그때의 기분을 기억하는 형식은 그 후 술 한잔 어떠냐고 물어오지 않을까, 종종 생각하곤 했는데 부정할 수 없는 현실은 역시 경제력이 상상의 발목을 붙잡는다는 것이었다.

형식은 답답한 듯 숨을 크게 내쉬며 현관문을 열었다. 벗은 운동화를 한쪽에 두면서 거실을 힐긋 봤다. 평소와 달리 미란이 집에 있었다. 덤덤한 어조로 물었다.

웬일이야.

미란이 머리 손질도 화장도 끝낸 듯한데 슈미즈 차림이
었다.

현장으로 바로 출근하려고.

미란이 주방 쪽으로 가며 대답하고 고객에게서 샀다는
제법 비싼 종합영양제를 먹었다. 건강할 때 건강을 지켜
야 한다고, 꼭 챙겨 먹으라며 미란은 몇 달 전부터 형식과
지아의 것도 식탁 옆에 두었다. 고마웠다. 고마운 미란이
안방으로 가서 원피스를 걸치고 나왔다. 낯선 향수 냄새
가 여자의 잔향 때문인지 아리아리했다.

거실 한쪽 전신 거울 앞에서 이리저리 몸을 돌려 뒤태
를 보는 미란을 형식이 생수를 들이켜며 흘깃 봤다. 매일
하는 출근인데 너무 공들인 모습이었다. 아닌 게 아니라
인생 리모델링이라며 얼굴에 필러니, 시술이니 하더니 낯
선 여자가 됐다. 형식의 꼭 다문 입술 밖으로 삼키던 물이
비어져 나왔다. 손등으로 입술을 닦는데 거울 속 미란과
눈이 마주쳤다.

셔츠 찾아놨어? 내일 입을 게 없는데.

…….

미란은 성큼성큼 현관 쪽으로 갔다.

지아 좀 챙겨. 영어 성적이 그게 뭐냐고. 집에서 애 하나
라도 책임을 져야 할 거 아냐. 거기 타월 좀 줘봐.

형식이 거실 바닥에 널브러져 있는 흰 수건을 집어 미
란에게 건넸다. 미란은 구두코를 수건으로 문지르며 말
했다.

애 장래가 걱정되지도 않아? 이나마 일이 있으니 다행
이라 생각하고 애 좀 잡아주라.

또각또각 하이힐 소리와 함께 현관문이 쾅, 닫혔다.

형식은 땀에 젖은 옷을 벗고 욕실로 들어갔다. 샤워기
를 틀다가 잠그고 욕실을 나와 몸을 낮춘 채 베란다로 향
했다. 창가에 젖은 몸을 기댔다. 그리고 열린 창문 귀퉁이
로 아래를 내다봤다. 한산한 주차장을 미란이 기운찬 걸
음으로 가로질렀다.

삑. 자동차 문 여는 소리가 13층까지 솟구쳤다. 형식은
반사적으로 몸을 벽에 붙였다. 숨을 한 번 내쉬고 다시
고개를 내밀었다. 유난히 햇살을 맑게 튕겨내는 차 옆으
로 미란이 다가갔다. 새로 뽑았다는 자동차는 와인빛이
감도는 신형으로 날렵해 보였다. 미란이 걸음을 멈추고
차를 바라보았다. 몇 발짝 물러나 섰다가 다가가더니 한
바퀴 빙 둘러보았다. 그리고 스며들 듯 운전석에 앉았다.
와인빛 덩이가 햇살에 반짝이며 조용히 주차장을 빠져나

갔다. 형식은 미란의 차가 사라진 쪽을 한동안 바라보다
가 욕실로 들어갔다. 출고된 지 사흘쨌는데 시승식은 고사
하고 말 한마디 없다니. 형식은 샤워를 하다가 허공에 주
먹을 휘둘렀고 머리를 감으며 이게 현실이야, 하고 중얼
거렸다.

야구 중계 소리가 거실을 울렸다. 안타, 안타입니다.
형식은 여느 날처럼 식탁 위에 휴대폰을 세워놓고 봐가
며 밥을 먹었다. 미란이 쓴 컵과 지아와 자신이 쓴 밥그
릇을 씻었다. 소파에 몸을 뉘자 베란다에서 불어오는 바
람이 말라가는 머리카락을 쓸었다. 팔베개를 하고 눈을
감았다. 이내 돌아누웠다. 다시 조금씩 몸을 틀어서 자세
를 고치다가 팔짱 낀 손을 겨드랑이 깊숙이 밀어 넣었다.
낡은 소파가 불편하긴 했으나 다행히 참을 만한 지점은
있었다.

오후가 훨씬 지난 시각, 부스스한 얼굴로 일어나 지아
방으로 갔다. 빨 것과 걸어둘 것을 분류하고 침대 위의 이
불, 여기저기 던져둔 꾀죄죄한 인형들, 군데군데 누렇게
변한 베개, 그때그때 치우지 않아 쌓인 것들을 대충 정리
하고 안방으로 갔다. 미란이 벗어놓은 옷이며 들었다 놓
은 것들, 컵, 화장품, 침구를 정리하고 빨래를 세탁기에

집어넣고 청소기를 돌렸다.

분리수거 바구니에 모기약 스프레이를 뿌렸다. 덜 채워진 종량제 봉투에도 스프레이를 뿌리자 밥알 같은 것들이 바닥에 떨어졌다. 허연 유충들이 꿈틀거리며 사방으로 퍼졌다. 봉투를 들자 애벌레가 덩이져 올라왔다. 코를 감싸 쥐려다가 고무장갑인 것을 알고 조금 열려 있는 창문을 활짝 열어젖혔다.

이 냄새가 뭐냐고, 내가 미쳐, 빨리 들고 나가. 미란이한밤중에 들어와 부엌 베란다에 쌓인 쓰레기를 패대기치며 어서 갔다 버리라고 소리칠 적에 이런 거였구나, 인생의 변수라는 게, 하고 생각했다.

그날 미란의 모습에 각목으로 뒤통수를 맞은 듯 어쩔했지만 대범해지자고 마음먹었다.

쓰레기를 들고 집 밖으로 나가는 일이나, 음식물 수거기 앞에서 비닐봉지를 들고 카드를 기계에 갖다 대면 동호수를 밝히는 기계음이나, 토요일이면 해야 하는 분리수거는 두 해째가 되어가지만 여전히 어색했다.

유튜브에서 잘나가는 '살림남'들을 종종 보지만 그들이 정말 잘나가는지 알 수 없었다. 그렇게까지 자리 잡을 자신이 없었고 미란의 태도를 생각하면 더 복잡한 심정이되지만 마음을 크게 먹자고 자주 되뇌었다.

간식 겸 늦은 점심으로 사과 한 알과 딸기잼 바른 식빵
한 쪽을 먹으며 휴대폰을 봤다. 모바일로 고구마 1킬로그
램과 김치 한 봉지, 원 플러스 원인 쥐포 한 봉지, 캔맥주
한 묶음을 주문했다. 화면을 바꾸어 쭉쭉 빵빵 카페에서
새로 올라온 사진들을 훑어보고, 게시판에 누런 옷 희게
하는 방법을 다른 사이트에서 복사해서 올려 등업을 신
청했다.

　오후 세 시 십오 분에 지아가 왔다. 과일을 챙겨 주고
빨래를 널었다. 지아는 휴대폰을 달라더니 게임을 보며
과일을 먹었다. 두 시간째 휴대폰을 보고 있는 지아에게
영어 공부를 하자고 했다. 지아는 눈을 비비면서 잠이 온
다고 드러누웠다. 형식은 지아 옆에 엎드려 휴대폰으로
구인구직 앱을 열었다. 여러 번 훑었지만 전공기술 외에
아는 게 없으니 아르바이트 자리만 눈에 들어왔다.

　팔베개를 하고 천장을 바라봤다. 안타깝고 후회스러운
순간만 반복 재생되었다. 미란의 말대로 투자 원칙도 모
른 채 시작한 것이 사업 실패의 원인이라 해도 그게 다라
고 할 수 없었다. 정부를 통해 금융기관들이 지원을 마다
하지 않았던 벤처 회사였다. 아무리 날고 긴다 해도 남는
장사가 될 수 없는 이유를 경험하는 건 참담했다. 어렵사
리 인지도를 끌어올려 놓아도 살짝 바꾼 디자인에 브랜

드 문구 하나, 받침 하나 달리해서 출시하는, 이른바, 후려치기식으로 가격까지 낮추는 경쟁사의 횡포가 특허 분쟁으로 이어졌으니, 전세금까지 잡혀 시작한 신생기업이 버틸 수 없었다.

　문득 시각을 확인하고 튕기듯 일어나 쌀을 씻었다. 오후 여덟 시쯤에 지아가 잠을 깼다. 미리 해둔 참치 찌개로 두 사람은 밥을 먹고 책상에 앉았다. 아홉 살에 맞는 영어가 따로 있는 것이 아니기에 형식은 영어 동화책으로 지아와 삼십 분쯤 시간을 보내고 다시 노트북으로 구인구직 사이트를 열어 정규직을 찾았다. 나이, 학력, 경력, 전공 분야, 지역까지 채용조건이 다양한 경로로 어긋났다. 아르바이트 관련 내용은 시급이 올랐다고 하지만 물가 대비 여전했고 생활정보지와 다를 바 없었다.

　포털사이트의 검색창에 재무 컨설팅을 찍었다. 투자전략, 고수익의 유혹, 개인의 인생 전반에 걸친 예측 가능한 재무적 문제 해결, 등의 현실적이고도 달콤한 문장으로 텍스트들이 이어졌다.

　모니터 귀퉁이에 뜬 시각이 열한 시 이십 분.

　씻고 자야지.

　형식이 소파에 엎드려 휴대폰 게임에 빠져 있는 지아에게 조금 크게 말했다.

엄마 오면 잘 거야.

휴대폰에 빨려 들어갈 듯 목을 빼고 지아가 대답했다.
형식은 짜증난 듯 아빠 힘들다, 목소리 톤을 조금 올렸고
즐겨찾기에서 '마라톤 세상'을 클릭했다. 대회 일정을 확
인하고 접수를 한 후 지아를 재우기 위해 일어났다.

또각, 또각, 또각. 형식은 눈을 감고 하이힐 소리를 들
었다. 정적이 흐르고 이내 소파 부근에서 옷 갈아입는 소
리. 욕실로 들어가는 소리. 물 흐르는 소리. 물소리는 오
래 이어졌다. 이윽고 욕실 문이 열리고 타달타달 실내화
끄는 소리, 지아의 방문이 열리는 소리, 닫는 소리. 침대에
누운 채 들려오는 소리 따라 미란의 동선이 짐작됐다. 안
방 문이 열렸다. 취침 등에 반사된 그림자가 일렁였다. 미
란이 다가와 누웠다. 방금 바른 화장수의 옅은 향이 싸하
게 퍼졌다. 이내 나지막하게 코 고는 소리가 들렸다. 입을
살짝 벌린 채 깊은 잠에 빠진 미란은 전장에서 이기고 돌
아온 전사와 다름없어 보였다.

날이 밝기 전, 형식은 소리 없이 안방을 나왔다. 셔츠
와 반바지, 양말, 모자, 선글라스, 마라톤용 초시계, 물통
을 착용하고 운동화를 신었다. 명품은 아니지만 명품에

버금가는 상표가 작아도 보기 좋게 눈에 띄었다. 집 앞에서 뛰는데 꼭 그렇게 갖춰 입어야 하니? 미란이 카드 명세서를 들고 쌍심지를 올렸을 때 집 앞이라 갖춰 입지 않을 수 없고, 자신에겐 정장이나 마찬가지라고 말하고 싶었지만 참았다.

하늘이 희붐했고 삼상한 바람이 지나갔다. 형식은 아파트 단지 안 산책로에서 몸을 풀고 속도를 서서히 올려 아파트 정문을 빠져나갔다. 이내 침대에서 일어나기 전의 순간이 구체적으로 떠오르며 얼굴이 벌겋게 달아올랐다.

미란이 제 가슴에 놓인 형식의 팔을, 형식의 배 위에 놓을 때, 잠에 빠져 있던 형식은 미란이 하는 대로 가만히 있었다. 그런데 팔이 미란의 손끝에 잡혀 있는 것을 느낀 순간, 숨이 차올랐고 몸이 짜부라지는 것 같았다. 벌레 취급받은 것이 분명했다. 그렇지 않고서야 미란이 손가락 두 개로 팔을 잡을 이유가 없었다. 형식은 당장 일어나 그 태도가 뭐냐고 물으려다 참았다. 왜 그렇게 느끼냐고, 미란이 반문하면 지극히 주관적 말만 나올 게 뻔하기 때문이었다.

보폭을 좁혀 속도를 올렸다. 도시의 소란도 커졌다. 자동차와 행인들이 건널목 신호등에 맞춰 멈추고 움직였다. 형식은 간결하고도 규칙적인 숨소리에, 다리의 일정한 반동에 집중하려고 노력했다. 가끔 어깨가 들썩이도록 숨을 몰아쉬며 허리를 구부렸지만 시계를 봐가며 달렸다. 이완과 수축을 반복하는 허벅지와 종아리의 근육들이 탄력을 찾았다.

공원으로 들어서자 철제 그물이 둥글게 쳐진 야구장 둘레를 중년이 훨씬 넘어 보이는 네댓 명의 남자와 여자가 돌고 있었다. 진지한 표정으로 제각각 팔을 앞뒤로 과하게 흔들거나 손뼉을 치는 등 우스꽝스러운 동작들을 반복했다. 삶에는 일정 부분 우스운 꼴이 있어야 흘러간다고 강조하는 듯했다. 사업 실패로 들어앉았지만 미란과 한 침대에서 따로 자는 건 누가 들어도 실소할 일이고 그런 잠자리에서 일어나 아침마다 뛰는 일 역시 우습기 짝이 없는 현실이었다.

형식은 부아가 난 듯 양 볼을 실룩대며 그들을 지나 나란히 설치된 운동기구 앞을 가로질러 공원을 통과했다. 사십 분쯤 달리자 어제 되돌아선 지점이 보였다. 이미 한 발짝도 내딛기가 어려웠다. 이 지점에 닿으면 대체로 그랬다. 허벅지 통증에 개의치 않고 한 발 더, 라고 되뇌며 계속 앞으로 나아갔다. 어제의 반환점을 넘어야 했다. 나름 세워둔 규칙이기도 했지만 오늘은 아내 때문이었다.

아침에 아내가 한 태도를 어떻게 해석해야 할지 아직도

정확히 알 수 없었다. 잠자리만 한 공간일 뿐이지 미란과 각방 쓰는 거나 마찬가지인지 일 년이 넘었다. 한 침대에서 자면서도 그게 가능한지 스스로도 의문스럽지만 지아의 마음을 복잡하게 해선 안 된다는 미란과의 암묵적인 합의니 어쩔 수 없었다. 지아는 미란이 챙겨 학교에 보낼 것이고 마라톤을 끝내면 빈집에 들어설 것이었다.

무거운 기분을 털고 허벅지 근육에 신경 써가며 후, 하, 후, 하. 호흡에 맞춰 발을 옮겼다. 하지만 다리가 점점 무거웠다. 당초에 이 길을 달리는 데 정해둔 시간이나 거리, 어떤 식이 있었던 건 아니었다. 정리하고 말고 할 것도 없이 사라진 사업체로 시름에 잠겨 지낸 지 근 일 년쯤 되었을 때 길에서 떼를 지어 달리는 사람들을 보고 시작했었다. 신호등 너머로 신문사에서 주최하는 하프 마라톤 대회 현수막이 펄럭이고 있었다. 돈 들 것도 없겠고, 구기 종목처럼 여럿이 어울려 하지 않아도 되니 시간에 구애받을 일도 없어 보여서 틈틈이 하면 되겠다 싶었다. 막상 시작하자 이것저것 사야 했고 뛴다는 것이 귀찮기도 했다. 그러나 미란의 출근을 보지 않을 수 있으니 그만둘 수 없었다.

폐업 후 경제활동을 하지 않은 것은 아니었다. 다급하여 잠시잠시 급구, 라는 글자가 붙은 일을 찾아 했었고 또 다른 일을 여러 번 시도했지만 손에 쥔 돈이 없으니 결국 아르바이트나 대리 기사로 빡빡한 나날을 보냈고 변변찮은 수입에 미란이 못 견뎌 했다. 당연한 반응이었다.

달리기를 멈추고 수통을 기울여 목을 축였다. 허벅지에서 번진 통증으로 종아리가 더 묵직했다. 스트레칭으로 풀고 몸을 돌려 천천히 뛰기 시작했다. 아무래도 어제의 반환점을 넘기엔 무리일 것 같았다. 억지로 뛰자면 더 나아갈 수 있지만 아파트에 도착하는 시간을 맞추는 것이 중요했다. 혼자 뛰지만 혼자가 아닌 순간을 놓치고 싶지 않았다.

아파트 단지를 가로지르는데 여자들이 하나둘 모습을 드러냈다. 달리지 않으면 있을 수 없는 만남이었다. 그들의 호감 어린 인사에 경쾌하게 화답하는 사이 공동 현관에 닿았다. 엘리베이터 옆에 부착된 거울을 봤고 문이 열리자 앞집 여자가 나타났다. 안녕하세요. 한 톤 높은 음성이 그녀의 입술에서 흘러나왔다. 아, 네. 형식은 짐짓 놀란 듯 짧게 대답하며 그녀의 웃는 눈을 잠깐 보았고 엘리베이터를 탔다. 익숙한 화장품 냄새가 콧속으로 스며들었다. 머리를 쓸어 넘기며 닫히는 엘리베이터 문틈으로 나긋하게 걸어가는 여자의 뒷모습을 보았다. 엘리베이터가 움직였다. 형식은 뒤늦게 소소한 행복을 알게 된 노인 같은 표정으로 깊은 숨을 쉬었다.

현관에 들어서자 또 다른 냄새가 풍겼다. 미란이 한껏 꾸미고 나간 모양이었다. 붉은 립스틱 자국이 선명한 컵과 지아가 먹은 콘푸라이트 그릇이 식탁 위에서 꾸덕꾸덕 말라가고 있었다. 형식은 그것들을 설거지통에 담그고 샤워를 했다. 유튜브를 보고 만든 어묵 조림과 콩나물국에 밥을 말아서 휴대폰으로 야구를 보며 먹었다.

평소와 다름없는 하루였다. 지아가 잘 먹는 고구마를 삶았다. 휴대폰이 울렸다. 액정에 뜨는 번호를 유심히 보니 얼굴만 아는 대학 동창이었다. 6개월 전쯤 뜬금없이 전화를 걸어와 찾아오겠다는 바람에 재무 컨설팅을 한다는 사실 알게 됐는데 얘기 중 미란과 같은 회사임을 알았다. 그 대목에서 동창은 미란이 누군지 알겠다는 듯 아, 했고 별 내용 없이 전화를 끊었다.

어쩐 일로? 형식의 말에 동창은 다짜고짜 좋겠다, 했다. 형식이 뜬금없다는 듯 물었다. 뭐가? 니 마누라……. 동창은 니 마누라라고 했다. 말본새가 귀에 거슬렸지만 듣고 있었다. 승진한 거 몰랐어? 우리 지사에 이런 경우가 없었어, 일을 너무 잘해.

형식이 재촉하듯 말을 잘랐다. 자식아, 본론을 얘기해.

동창이 기다렸다는 듯이 말을 이었다.

지난주에 우리 팀에서 회식을 했어. 다들 잔을 주거니 받거니 하고 있는데 니 마누라가 전화를 받더니 나가더라고. 열두 시가 넘은 게 문제가 아니라 술이 좀 취했는데 부득부득 가야 한다고 해서 내가 데려다준다고 말렸어. 알고 보니 집으로 가는 게 아니더라고. 그래서 어쩌라고. 형식은 튀어나오는 말을 삼키고 다른 소리를 했다.

친정에 갔던 날이구만. 거짓말이었다. 그래, 그랬구나, 걱정이 되더라고. 목소리를 낮춘 동창은 이번엔 전화한 목적을 관철시키겠다는 듯 이것도 인연인데 자신이 옆에서 잘 도와주겠다고 했다. 미친놈아, 돕지 마. 뭘 도와. 큰 소리로 받아치고 싶지만 목구멍으로 올라오는 말을 눌렀다. 동창은 형식이 아무런 반응이 없자 암튼 또 좋은 소식 있으면 전할게 하고 전화를 끊었다.

미친놈. 참았던 말을 뱉으며 두툼한 손으로 행주를 말아서 조리대 구석으로 던졌다. 미란에게 어떻게 하고 다니기에 이딴 전화가 오냐고 미주알고주알 캘 수 있다면, 당장 회사를 옮기든지, 다른 일을 알아보라고 할 수 있다면, 형식은 던졌던 행주를 힘주어 빨고는 오르막을 뛸 때처럼 호흡을 조절하면서 천천히 비틀어 짰다.

일을 해야지, 시간이 너무 아까워. 형식이 살림을 도맡기 전부터 미란이 하던 말이었다. 일을 시작하자 퇴근 시간이 따로 없을 만큼 바쁜 아내였다. 물 만났네, 물 만났어. 늦게 오는 미란을 형식은 물 만난 물고기라 했다. 그렇기에 동창이 전해준 '집에 가는 게 아니더라고'를 깊이 생각하고 싶지 않았다. 식탁을 닦고 지아가 먹도록 보기 좋게 고구마를 접시에 담았다.

　늦은 점심을 먹으려고 김치를 자르다가 시계를 봤다. 지아가 왔어야 할 시간이었다. 휴대폰을 만지다가 베란다로 달려가 아래를 내려다봤다. 아이들과 엄마들이 삼삼오오 모여 떠들고 있었다. 승합차가 연이어 도착하면서 아이들을 내려놓고, 또 태워 갔다. 형식은 휴대폰을 손에 쥐고 소파 앞에서 서성이다가 다시 베란다로 가서 아래를 보다가 몸을 날리듯 현관으로 갔다. 문턱을 넘으며 넘어질 뻔했고, 미처 발을 꿰지 못한 신발을 끌고 학교로 달렸다. 달리며 담임에게 전화를 걸었다. 전화벨 소리가 몇 번 반복되고서야 통화가 됐다. 지아는 정상적으로 수업을 마치고 녹색 깃발을 든 학부모가 교통정리를 해주어 건널목을 건넜다고 했다. 담임은 학교에 없었다. 경비원에게 자초지종을 얘기하여 교실을 돌아보고 운동장 구석구석을 살폈다. 아파트로 돌아오며 문방구, 서점, 분식집, 편의점, 지아의 친구가 다닌다는 학원, 다닥다닥 붙은 점포들과 상가 골목을 헤매며 지아를 불렀다. 알고 있는 학부모들에게 연락했고 담임에게 다시 전화해서 오늘 지아 어땠습니까, 라고 물었다. 담임은 근심 어린 목소리로 일과를 소상히 나열했지만 뚜렷하게 도움 줄 것이 없다는 내용을 전달하듯 마지막엔 어쩌죠? 만 반복했다.

어스름이 내리고 있었다. 형식은 이마에 달라붙은 머리칼을 쓸어 넘기며 아파트 정문에서 서성였다. 입이 바짝바짝 탔다. 자동차들이 경적을 울리며 멈췄다. 경비원이 붉은 교통신호봉을 들고 있는 게 보였다. 벌써 퇴근 시간대였다. 형식은 얼이 빠진 얼굴로 다시 아파트 안쪽으로 달렸다. 주민 센터에 방송을 요청했다. 아이를 찾습니다. 방송은 두 번 나갔고 형식이 부탁해서 한 번 더 나갔다.

집 앞 경비실로 달려가 경비원에게 아이를 보면 연락을 달라고 전화번호를 주고 집으로 전화를 걸었다. 오랫동안 벨이 울렸다. 놀이터 쪽으로 뛰면서 112로 전화를 걸었다.

순경은 자초지종을 요구했고 형식은 떨리는 목소리로 아직도 안 왔다는 말을 반복하면서 순경의 질문에 대답했다. 접수가 됐다는 말을 듣고 미란에게 전화를 걸었다.

밖에서 영업하는 사람, 한 건 되는 게 그냥 되는 게 아니니 아무 때나 전화하지 말라고, 문자 주면 내가 할게,

미란이 그렇게 말한 지 이 년쯤 됐다. 새벽 한 시가 넘으면 연락이 오든지 가든지 하던 때라 자다가 깨서 전화를 했었다. 재무 컨설팅이란 직업이 언제 어떤 사람을 만나든지 업무와 연결되어 있다며 지금이 바로 그런 상황이라면서 미란이 형식을 세 살 먹은 애로 만들었다. 그 후 처음 건 전화였다. 형식은 종료 버튼을 세 번째 누르며 고개를 들었다.

먼 하늘에 보랏빛 노을이 번져가고 있었다. 경비실에서 조금 떨어진 등나무 아래로 발걸음을 옮겼다. 벤치에 엉덩이를 걸치고 무연히 앞을 바라봤다. 자신도 모르게 코를 훌쩍였다. 학원 승합차 몇 대가 시간을 달리하며 아이들을 실어 나르고 있었다.

휴대폰의 연락처를 들여다보며 전화할 데를 찾았다. 손가락이 떨리고 눈앞이 빙빙 돌았다. 먹빛으로 돌아간 액정화면을 손가락으로 눌러 찾아보지만 전화할 데가 딱히 없었다. 벤치 앞에서 서성이다 앉기를 반복했다. 떠오르는 나쁜 생각들을 멈추려 했다. 휴대폰이 울리고 장모님, 세 글자가 화면에 떴다. 통화 버튼을 눌렀다.

지아가 학교에서 바로 여기로 왔네. 내가 얼마나 놀랐는지 아는가. 세상에, 거기서 여기가 어디라고. 애가 무슨 맘으로 여기까지 걸어왔는지 모르겠네. 집에 뭔 일이 있는가.

형식은 아무 일 없다고 마른침을 삼키며 대답했다. 장모의 음성에 모가 돋았다. 언제까지 그렇게 살 건가. 요즘 세상에 둘이 벌어도 모자랄 판에. 애도 눈치가 빤한데. 막힘없이 조곤조곤 흘러드는 염려와 권고를 형식은 말없이 들었다. 귀가 먹먹할 즈음 장모는 저녁 먹여놓을 테니 잠들기 전에 데리고 가게, 하고 전화를 끊었다.

아파트 창마다 어느새 불빛이 환했다. 등나무 잎들이 뒤척였다. 바람이 불고 있었다. 살짝 오한이 들며 담배 생각이 났다. 아파트 입구 편의점으로 발걸음을 옮겼다. 상가 안 철물점에 있을 앞집 여자가 떠올랐다. 땀에 저린 자신의 모습이 께름칙했지만 어쩔 수 없었다. 담배를 사서 건물 귀퉁이 흡연 장소에서 피우는데 문자가 왔다. 미란이 보낸 것이었다.

애가 엄마 집에 있는 거 알아? 데리러 가려고 했는데 아무래도 늦겠네. 당신이 갔다 와야겠어. 형식은 담배 한 개비를 더 피우고 십 년째 모는 자신의 승용차에 올랐다.

잠이 덜 깬 지아는 장모의 치마폭에 묻혀 흐느적거리며 따라 나왔다. 집으로 오는 동안 잤고, 아파트 주차장에서 형식은 지아를 업었다. 어느 사이 부쩍 자란 티가 느껴졌다. 형식은 등에 얼굴을 묻은 아이를 엘리베이터 거울로

봤다. 목을 감았던 팔이 늘어뜨려지며 잠에 젖은 목소리가 들렸다.

엄마한테 오라고 전화했는데.

해줄 말이 떠오르지 않았다. 다만 앞집 여자와 마주칠까 봐 신경이 쓰였다.

지아를 재워놓고 베란다로 갔다. 어디선가 벼락 치는 소리가 들려왔다. 발원이 어디인지, 지아는 깨지 않았는지, 형식이 목을 빼고 두리번거리는데 앞집 현관문이 거칠게 열렸다. 잊을 만하면 남자는 현관문을 그렇게 열고 나가곤 했다.

잠시 뒤 엘리베이터가 도착했고 누군가 타고 내려갔다. 열린 베란다 창으로 아래를 내려다보았다. 앞집 여자가 어깨와 한 손에 제법 큰 가방을 메고 들고 공동현관문을 나와 아파트 입구를 향해 걸었다. 하이힐은 신지 않은 것 같았다. 쿵쿵. 둔탁한 소리가 몇 차례 벽을 타고 들리더니 앞집 현관문이 다시 열렸다.

꼴값을 떨어도 유분수지, 어디 나를 속이려고. 분에 못 이겨 욕설 섞인 남자의 목소리가 절규하듯 복도를 몇 분간 울리다가 현관문이 부셔져라 닫혔다.

기분이 묘했다. CCTV. 머리카락이 쭈뼛 섰다. 여자와 엘리베이터에서의 상황이 장면화됐을 걸 생각하니 얼굴

이 화끈거렸다. 후회가 밀려왔다. 하지만 그 정도야 이웃끼리 할 수 있는 행위라는 생각도 들었다,

에이, 하고 형식은 머리를 거칠게 긁으며 현관을 나왔다. 담배 생각도 간절하고 가슴도 답답하여 엘리베이터를 타고 내려와 경비실을 지나 놀이터 쪽으로 갔다. 휴대폰이 울렸다. 미란이었다. 열두 시 이십 분. 전화기 저편에서 나른한 목소리가 들렸다.

지아 데리고 왔지?

형식은 힘겨운 하루 끝에 생긴 짬이 달아날까 봐 차분하게 말했다.

조심해서 들어와.

모임이 있어 술을 조금 마셨어, 지금 가는 중이야.

술을 마시고 무슨 운전이야.

형식이 펄쩍 뛰었다.

대리기사 불러 가고 있거든, 걱정 말아.

미란의 음성이 정말 걱정 말라는 투였다. 형식은 종료 버튼을 거칠게 누른 뒤 바지 주머니에 휴대폰을 넣고 가로등에 둔탁한 빛을 발하는 놀이 기구들을 보면서 흡연실 쪽으로 걸었다. 앞집 남자가 떠올랐다. 가끔 문 앞에서 마주쳤는데 억세 보이긴 했다. 가방을 들고 아파트 입구 쪽으로 걸어가는 여자의 걸음도 단호했다. 마지막 모습

일지도 몰랐다. 담배 한 개비를 꺼냈다. 여자의 인생에 관여할 바가 아니었다, 관여할 무엇도 없었다. 없어서 다행이었다.

형식은 담배 연기를 길게 내뿜으며 멀리 시선을 던져 놀이 기구를 바라봤다.

놀이터에서 지아를 본 적이 언제인지. 방과 후 수업까지 마치고 오면 지아는 나갈 생각을 하지 않았다. 언제부터 그렇게 됐는지 알 수 없었다. 놀이동산에 간 지도 까마득했다. 조르는 법이 없는 지아는 노는 법을 잊어버린 듯했다. 자신 탓인 것만 같아 한숨이 나왔다.

우람한 벚나무가 양쪽으로 숲을 이루는 샛길로 천천히 접어들었다. 그늘이 짙은 곳에 띄엄띄엄 벤치가 있었다. 더 가면 도로 건너편에 지아가 다니는 초등학교가 있었다. 두런대는 소리가 들려왔다. 걸음을 멈추었다. 소곤거리는 여자 목소리가 들리다가 뚝 끊겼다. 발걸음을 떼려는데 이번에는 자지러지는 웃음이 들렸다. 주위를 둘러보았다. 가로등 빛과 어우러진 뒤안길은 나무의 실루엣이 우뚝우뚝했다. 바지 주머니에서 휴대폰을 꺼냈다. 액정이 환했다. 귀에 대자 휴대폰인지, 인근 도로 어디선지 급브레이크 밟는 소리가 들려왔다. 조금만 있다 가자. 나긋하지만 굵은 톤인 남자 음성이 휴대폰에서 흘러나왔다.

귀에 휴대폰을 댄 채 샛길 끝을 향해 걸었다. 부스럭거리는 소리와 분명치 않은 음성이 이어졌다. 거래처는 걱정을 말라고. 남자의 말에 여자가 짧게 웃었다. 형식은 측백나무 담장 너머로 목을 빼고 두리번거렸다. 조용한 이차선 도로 건너편 갓길에 승용차 한 대가 서 있었다. 비상등이 꺼져 있었다. 미간을 모았다. 운전석에서 시커먼 머리통이 움직이는 듯하더니 차창이 올라갔다. 가로등에 반사된 차창이 둔탁한 빛을 발했다.

아, 진짜. 잠음에 섞인 목소리가 미란과 흡사했다. 차종과 가로등에 반사됐지만 차의 색상 역시 미란의 것 같았다. 오랫동안 측백나무 옆에서 차를 응시했다. 알겠어요. 미란의 음성이었다. 머릿속이 하얬다. 아앗. 자신도 모르게 움켜쥐었던 손을 펴자 측백나무 가지가 떨어졌다. 계속 귓속으로 알듯 말듯, 짐작 가는 소리가, 미란의 음성이, 낯선 남자의 친근한 어조가 흘러들었다. 형식은 종료 버튼을 눌렀다.

두 눈으로 직접 목격하러 가야 했지만 아파트 진입로를 나와 도로를 따라 걸었다. 더 나은 방법을 알 수 없었다.

늘어선 상가 간판과 술집에서 새 나오는 불빛들이 현란했다. 교차로 신호가 바뀌길 기다리는 동안 펄떡이는 가슴과 떨리는 양손을 어쩌지 못해 소리 없이 숨을 몰아쉬며 양 주먹을 그러쥐었다. 건널목을 건너면서 평소 달리던 방향과 반대쪽인 소방서를 지나고 주민센터 앞을 지났다. 인적이 뜸했다. 간간히 불이 켜진 아파트 단지가 눈에 들어왔다. 월세가 부담되어 몇 달 살다 나온 신혼 때의 집 창문에 불이 환했다. 힘들었지만 마주할 때마다 웃었던 곳이었다. 매 순간 최선을 선택한 것이 분명했다. 후, 하, 후, 하, 숨을 몰아쉬며 학교 담장을 따라 서서히 뛰기 시작했다. 자동차 헤드라이트 빛이 무표정하게 굳어버린 형식의 얼굴을 빗금 긋듯 지나갔다. 길 건너편 엘이디 간판이 경광등처럼 번쩍였다. 미란이 지아를 가진 지 7개월 때였던가, 저녁밥을 잘 먹었는데 회가 먹고 싶다며 왔던 횟집이었다. 더 달려가자 고장 난 컴퓨터를 안고 차에서 내리는 사이에도 미란이 기어이 부른 배로 따라와 우산을 받쳐주어 함께 들어간 컴퓨터 수리점, 한때 이용한 자동차 정비소가 지나갔다. 더 저렴한 곳들을 알아보며 발길을 끊은 곳들이었다. 사람도 변했고 길도 변했다.

불 꺼진 점포들을 지나며 인적 없는 인도를 백 미터 달리기 선수처럼 뛰었다. 다리보다 먼저 몸이 나갔고 몸보다 마음이 더 멀리 내달렸다. 그 때문인지 생각만큼 다리가 말을 듣지 않았다.

현실이 도무지 이해되지 않을 때, 소파에 누워 휴대폰으로 시간을 죽였다. 때때로 가슴에 솟는 불덩이를 잦아들게 하는 일도 마찬가지였다. 이 또한 지나가리라. 숨죽여 절규하며 가정을 지켜왔다. 하지만 헛짓임이 밝혀졌다.

휴대폰이 울렸다. 두 손으로 무릎을 짚고 숨을 몰아쉬었다. 흘러내리는 땀방울을 훔치며 휴대폰을 봤다. 미란의 전화였다. 전원 버튼을 길게 누르고 다시 뛰었다. 다리가 휘청하여 발을 접지를 뻔했지만 멈추지 않고 나아갔다. 가로등과 네온이 계속 지나갔다. 택시 한 대가 다가와 클랙슨을 울렸다. 드문드문 차들이 지나가고 있었다. 목적지도 없을뿐더러 펄떡이는 가슴을 오롯이 감당하고 싶었다. 눈앞에 놓인 길만 바라봤다. 자동차로 이곳을 오가던 수많은 날들이 아득했다.

곧 고속도로와 이차선 도로로 갈라질 것이었다. 어느 길로 달려야 할지 미리 생각해야 했다. 신호가 바뀌고 자동차들이 움직이자 헤드라이트 빛이 눈을 찔렀다. 이차선 도로 쪽으로 향했다. 간혹 자동차가 지나갈 뿐 사위가 적막했다. 끝도 목적지도 가늠할 수 없는 길이었다.

목이 타는 느낌에, 발바닥에 잡힌 물집으로 형식은 주저앉고 싶었다. 한계를 계속 느끼는 중이었다. 포기할까,

갈등하다 보니 머지않아 결승선이었다. 다행이었다.

　스마트폰의 마라톤 앱이 가리키고 있는 마지막 지점. 아무도 없지만 결승선이었다. 하프마라톤 대회 출전을 신청하고 까맣게 잊었다가 지난주에야 아차, 하고 확인했다. 지아의 학교 수업이 갑작스레 코로나 19로 비대면이 되고 미란의 출근 시간이 없어지며 아침 시간이 휘발되었다. 뛰는 것이 석연치 않다기보다 외출에 필수인 마스크를 하고 달리는 일도, 이 시국에 아침마다 나가는 것도 꺼림칙했다. 바뀐 일상은 차치하고 미란의 천연덕스러운 태도를 지켜보느라 정신없는 나날이었다. 앞집 남자처럼, 또 다른 방법으로 미란과 끝장낼 생각을 하며 밤새 달리다 멈춘 곳, 여사님들이 안 보내주네. 내일 일찍 갈게, 미란의 문자가 왔던 곳. 괴괴한 그 새벽 거리를 자주 떠올렸다.

　마라톤 대회뿐 아니라 모든 레이스가 비대면으로 전환된 것을 확인하고서야 지아를 데리고 나와 자동차로 경유하며 코스를 확인했다. 마라톤 앱을 다운받아 GPS를 켜고 뛴 기록을 캡처해 신청한 사이트에 전송하면 출전이 인정되었다. 연습량이 일주일도 채 안 되지만 이번에 놓치면 마라톤을 그만두게 될지도 몰랐다. 현실과 뛰는 일은 별개이면서도 연결돼 있었다.

갑자기 다리가 뻣뻣해오며 무릎이 꺾였다. 몸이 앞으로 고꾸라졌다. 목구멍을 할퀴며 단말마가 튀어나왔다. 아무래도 그날 밤 내내 달린 후유증이 큰 것 같았다. 결국 미란은 그날 밤을 넘기고 다음 날 오후 다섯 시가 넘어 나타났다. 말짱한 얼굴로 현관을 들어서며 오늘은 일찍 마감했어, 라고 했다.

형식은 땀에 젖은 눈을 훔치고 일어났다. 절뚝이며 호흡을 골랐다. 지나간 일이었다. 속도를 올렸다. 문득 환호가 귀청을 때렸다. 갑자기 머릿속이 멍했다. 속도를 유지하기 위해 정면을 주시했다. 맞은편에서 마스크 쓴 아이가 양손을 높이 들고 달려왔다.

아빠!

지아였다. 뒤따라오는 여자, 모자를 깊이 눌러쓰고 마스크를 썼지만 미란이었다. 형식은 눈을 둥그렇게 뜨고 뭐야, 하고 소리쳤다.

"아빠 화이팅!"

발랄한 지아의 목소리가 다시 들렸을 때 형식은 마지막 속도를 내야 했다. 흐트러짐 없는 자세를 유지하고 달렸다. 미란이 다가오며 형식을 향해 스마트폰으로 연이어 사진을 찍었다. 형식은 당황스럽고 황당하고 열쩍지만 모른 척했다. 둘 다 마스크를 쓴 것이 다행이었다.

다시는 미란을 볼일 없으리라고 마음을 다독여가며 달린 끝에 맞은 새벽. 적막한 거리에서 불현듯 떠오른 소리를 곱씹다가 발길을 되돌렸다. 한때 헛짚고 달린 길도 반환점은 있어야지.

마라톤을 시작한 지 얼마 되지 않은 때, 반환점을 지나며 인생도 이렇듯 한 번 어느 지점으로 되돌아가 다시 시작할 수 있다면 생각했다. 지난날이 마구 떠올랐고 후회스런 마음이다가 어떻게든 살아보자고 결기를 품었다. 한때 헛짚은 인생도 반환점은 있어야지. 자신에게 한 말이었다. 지금 미란이 어떤 생각을 하는지 알 수 없지만 그날 새벽에 돌린 발걸음을 후회하지 않는다. 지아가 달려오며 손가락으로 브이 자를 만들어 높이 들어 보였다. 형식이 환하게 웃었다.

빗속을,
지나는

지나는 영화관을 나오자마자 숄더백에서 선글라스를 찾아 쓴다. 과장되게 커 보이는 검은색 렌즈가 얼굴의 절반을 가린다. 들끓던 정오에 가까운 햇살이 한풀 꺾인다. 고개를 든다. 방사형으로 퍼지는 태양빛이 암회색이다. 세상을 적당한 간격으로 물러나게 하는 선글라스는 이제 지나의 외출에 필수품이 됐다.

오늘은 영화관으로 출근한 셈이다. 그저께 가게에서 잠시 휴대폰을 만지작거리다 인류의 멸종을 막기 위한 기계들의 사랑이란 문구에 시선이 멈춰 영화 서평 한 꼭지를 읽었다. 얼마나 사이버틱하게 뜨거운지 궁금했다. 막상 보고 나니 가볍게 웃고 말 내용이지만 입구를 빠져나오는 동안 대형 화면에서 본 사이보그의 금속성 표정에 수의 얼굴이 자꾸 겹친다.

어젯밤에 수는 늘 사용하던 가죽 끈도 모자라 자신의

혁대까지 바지에서 빼내려 했다.

그만! 다급한 지나의 목소리가 후덥지근한 방 안을 울렸다. 멈추라고. 지나는 힘을 다해 손목을 비틀고 팔다리를 움직여 침대 모서리와 연결된 손목에 매인 것을 풀었다. 그리고 몸을 일으켰다.

수는 그제야 정신이 번쩍 든 표정으로 어느새 바지에서 분리된 혁대를 내동댕이치고 지나를 안았다. 눈을 질끈 감은 지나가 몸을 뒤틀자 슬립 밖으로 발갛게 부푼 허벅지가 드러났다. 수가 낮은 목소리로 물었다. 아파?

시장 모퉁이에 있는 옷 수선 가게와 멀어지는 쪽으로 지나는 천천히 발걸음을 옮긴다. 지금 가게 문을 열면 한꺼번에 일감이 몰릴 것이 뻔하다. 여성 위주의 옷 가게가 밀집된 지역이고 솜씨가 좋아 단골도 제법 확보된 상태였다. 시선을 맞추고 고객을 응대해야 하는 순간을 견디지 못해 그만둔 아르바이트가 피시방, 햄버거 가게, 주유소, 편의점, 식당 등 열 손가락을 꼽아도 모자랐다.

궁리 끝에 직업훈련소를 찾았으나 줄곧 혼자 하는 일은 거의 없었다. 단짝인 가영이 게임 사이트에서 알게 된 남자와 실종되고부터 컴퓨터 모니터 앞에는 앉기 싫었고 휴대폰의 SNS 계정도 차단한 상태로 고르고 골라 감행한 것이 옷 수선 가게 창업이었다. 무엇보다 혼자만의 공간이 가능하고 실과 재봉틀만 있으면 되겠다 싶었다.

자그마한 공원이 눈에 들어온다. 오늘 같은 날은 단골들이 다른 수선집으로 일감을 넘겨주길 바랄 뿐이다. 교복 차림인 여자아이 둘이 벤치에서 숨이 넘어갈 듯 깔깔거리고 있다. 웃음이 길어서 웃는 게 웃는 게 아니라고 항변하는 것 같다.

공원의 고요를 깨는 맥락 없는 그 웃음이 '마음 놓고 웃은 적이 언제인지'를 일깨운다. 지나 엄마. 걸걸한 목소리에 간이 떨어지는 줄 알았던 그 밤이 어제 같다.

평소대로 자율학습을 마치고 한발 먼저 집에 온 엄마와 저녁밥을 먹으려던 참이었다. 시시콜콜한 하루를 앞다투어 쏟아놓기 시작했고 낄낄거리며 첫 숟가락을 뜨려다가 말았다. 열린 방문 너머 한 남자가 부엌문으로 들어섰고 지나 엄마, 천연덕스런 음성이 아버지였다.

개과천선한 표정으로 아버지는 집을 샀다고 했다. 엄마는 무슨 소린가 하면서도 상기된 표정으로 부랴부랴 다시 밥상을 차려냈다. 아버지가 숟가락을 들며 말했다. 아파트를 한 채 샀으니 당장 이사하자고. 방마다 인터폰이 있으며 이런 문간방과는 입구부터가 다르다고, 시설과 편의성에 대해 장황하게 설명했다.

지나는 대학 수능 시험이 내년인데 설마 전학을 하게 될까, 의구심을 품고 듣다가 엄마의 얼굴에 희망찬 의지가 배어드는 것을 봤다. 본 적 없는 결연한 모습이었다.

일주일 뒤 지나는 학교 앞에서 노선이 생소한 버스를 탔다. 행정구역상 시의 경계를 벗어나지 않아 다행이었으나 내리고 보니 외곽의 한적한 동네 어귀였다.

이십 분쯤 비탈진 골목을 걸었다. 이끼가 짙게 낀 담벼락이 나왔다. 담벼락이 끝나는 곳에 페인트칠이 거의 벗겨진 건물 한 동이 서 있었다. 곳곳에 금이 간 3층 건물은 아파트가 아니라 아파트처럼 보이지도 않는 연립 주택이었다. 저물어가는 햇발에 을씨년스러웠지만 드문드문 번져 나오는 창문의 불빛으로 온기가 있어 보였다. 지나는 입구로 들어서다가 멈췄다.

시멘트 담벼락 사이로 하얀 꽃 한 송이가 뻗어 나와 한들거리고 있었다. 신기했다. 휴대폰으로 검색하니 패랭이였다. 갑자기 벽을 부수는 듯한 소리가 들렸다. 한달음에 어둑한 복도를 지나 현관문에 부착된 가호를 확인하고 손잡이를 잡았다. 문이 열렸다. 장도리를 든 아버지가 돌아보며 왔냐, 했다. 예. 아버지는 대답도 듣지 않고 거실 벽에 못질을 했다.

이번에 벌린 사업만 제대로 되면 곧 더 큰 데로 갈 거다. 아버지가 또 다른 못 박을 곳을 찾으며 우렁우렁한 목소리로 말했다.

두 명이 다리 뻗고 앉으면 꽉 차버릴 거실, 너무 작은 방과 너무 큰 방을 기웃거리다 현관 옆에 부착된 인터폰에 눈길이 멈춘 지나는 방마다 인터폰이라던 아버지의 모습을 떠올렸다. 뒤숭숭한 기분과 다르게 픽, 웃음이 나왔다. 현관문을 여는 장비 하나로 아파트라고 설명한 허세를 확인했지만 혼자 웃고 말아야 했다. 엄마가 발그레한 얼굴로 싱크대를 닦고 있었다. 지나는 못 본 척 고개를 돌렸다.

다음 날 엄마는 평소대로 커피를 팔러 나갔다. 버스로 사십 분쯤 가서 도착한 시장통 안, 물품 보관대에서 일명 '길 커피'라 적힌 수레를 끌고 나와 길에서 종일 보냈다. 행인이 뜸해지면 철수했고 자정이 임박해서 집에 들어왔다. 잠자리만 달라졌을 뿐 여전한 일상이었다.

어쩌다가 외출한 아버지는 대낮에 들어왔다. 학교에서 전화를 받을 때면 들려오는 티브이 소리로 알 수 있었다. 아버지는 앉았다 누웠다 하며 휴대폰과 티브이를 동시에 봤다.

몇 주가 지났다. 아버지는 엄마에게 일이 쉽지가 않네, 하며 입을 떼더니 모아놓은 돈이 있으면 좀 달라고 부탁

조로 말했다. 엄마는 성심껏 요구에 응했다. 요구의 횟수가 잦아지며 액수가 커갔다. 더 이상 돈이 없다고 하자 아버지는 '융통'이란 단어를 쓰면서 빌려오라고 했다. 처음 말한 액수의 돈이 손에 쥐어질 때까지 며칠이고 독촉과 회유, 협박과 언어폭력, 물리적 폭력 순으로 엄마를 대했다.

그런 날이 잦으면서 지나는 아침 밥상을 엄마에게 건네받아 아버지 앞에 내려놓았다. 그리고 상 내가라는 말이 들릴 때까지 기다렸다가 안방에서 밥상을 들고 나와야 했다.

왜 아버지와 사는지, 자식을 매개로 남편의 마음을 돌려보려는 심산인지, 아파트에 대한 미련 때문인지, 엄마의 마음을 알 길 없지만 지나는 소리 없이 밥상을 엄마에게 건네고 이미 지각인 학교로 출발했다.

이사 올 때 사뭇 상기된 엄마의 표정을 다시 보긴 글러버린 것이 분명했다. 안방에서 아버지와 자던 엄마가 지나 옆에서 잘 때부터, 아니 그 전부터 감이 왔다.

지나는 답답해서 터질 것 같은 가슴으로 휑한 학교 운동장을 가로질러 교실로 향하곤 했다.

어느 날 쉬는 시간에 엄마에게 카카오톡을 보냈다. 너무 늦게 다니지 말라고, 늦으니까 아버지가 돈 쌓아둔 줄

오해하는 게 아니냐고. 바로 카카오톡에 문자가 떴다. 스낵 먹고 싶네. 올 때 사 올 수 있지? 스낵 사진이 연이어 액정에 떴다. 아버지가 보낸 것이었다. 지랄. 지나는 혼잣말을 하며 휴대폰을 껐다.

학교 정문을 나올 때까지 엄마가 카카오톡을 읽지 않은 것을 확인한 지나는 연이어 엄마에게 전화를 했다. 그리고 얼마 지나지 않아 엄마와 연락할 방법이 없음을 깨달았다. 스낵을 사 들고 집으로 갔다. 아버지는 아무 일 없는 듯 티브이를 보며 스낵을 먹었다.

삼일 뒤 지나는 학교 앞 편의점에서 엄마를 만났다. 방이 마련될 때까지 아버지와 있으라고 했다. 설마하니 자식을 잡아먹겠냐며 입술을 떠는 엄마의 모습은 민망한 듯도 했고 추운 것 같기도 했다. 지나는 말없이 고개를 주억거렸다. 집 나가는 꿈을 밤마다 꾼다고, 숙식 제공 아르바이트 자리를 구해서 독립할 거라는 말은 안 했다. 밤낮없이 술잔을 기울이는 아버지에 대해서도. 머리채를 잡힌 채 에미 데리고 오란 말이야, 악다구니를 들었다는 말도 안 했다. 별다른 방도가 없었다. 지나는 자꾸 고개를 주억거렸다.

이틀째 모의고사 치른 날, 지나는 학교를 파하고 가영과 시내에서 만나기로 했다. 사복으로 갈아입기 위해 집으로 갔다. 다행히 아버지가 없었다. 오랜만에 가벼운 마음으로 옷장 문을 열었다.

이사 온 기념이라며 아버지가 산 유일한 옷, 원피스가 그나마 제일 괜찮았다. 아버지가 샀다는 사실이 내키지 않지만 어쩔 수 없었다. 원피스에 맞춰 조금 진하게 화장을 하고 집을 나섰다. 가영과 키득대며 시내를 걷다가 가영의 오빠와 오빠 친구 수를 만나는 바람에 샐러드 바가 있는 데서 이른 저녁을 먹었다. 게임하러 가자는 얘기가 나왔지만 지나는 어디냐는 아버지의 연락을 받고 혼자 집으로 왔다.

누워서 티브이를 보고 있는 아버지에게 지나는 친구 집에 갔다 왔다고 어색한 투로 말했다. 아버지는 티브이에 시선을 고정한 채 말이 없었다. 지나는 대답을 잠시 기다리다 안방 문을 살며시 닫고 종종걸음으로 작은방으로 왔다. 옷을 갈아입고 저녁밥을 준비했다. 인기척이 났다. 귀를 기울이다가 비스듬히 열려 있는 방문을 살그머니 열었다. 옷장에 걸어놓았던 원피스가 방바닥에 널브러져 있었다. 눈을 의심하며 뛰어 들어가 원피스를 집었다. 조각조각 난 것을 확인한 순간 귀에서 픽, 소리가 났고 몸이 한쪽으로 기울었다. 손바닥의 단단한 타격이 뺨과 머리에 쏟아졌다. 윙. 귓속을 메운 소리와 함께 방바닥에 얼

굴이 찍혔다. 사나운 짐승이 내지르는 듯한 소리가 아득
해지며 문득 아버지에게서 맞는 것이 나쁘지 않다는 생각
이 들었다. 더는 나빠질 수 없는 상황에 후련했고, 몸 어
디선가 알 수 없는 쾌감이 솟았다. 이런 기분은 오래가지
않았다. 안정적이고 지속가능한 무언가가 필요함을 느꼈
지만 어찌할 바를 모르는 지나는 매번 맞는 순간에는 맞
는 것이 최선의 방법이라고 되뇌었고 아버지가 잠잠할 때
면 부를까 봐 초조했다.

  자신도 예상치 못한 행동을 아버지에게 할까 봐, 지나
는 수의 원룸으로 거처를 옮겼다. 궁리 끝에 안 되면 말고
하는 심정으로 가영을 통해 며칠간 잠만 자게 해줄 데를
부탁했는데 선뜻 들어준 것이다. 수는 가영의 오빠와 처
음 봤던 그날처럼 말수가 별로 없었다. 각자 밤이 이슥해
서 들어왔고 쪽잠을 자고 나면 지나는 막바지 대입 준비
가 한창인 학교로, 수는 9급 공무원 시험 준비로 도서관
에 갔다.
  얼마 후, 지나는 방이 마련되었다는 엄마의 연락을 받
았다. 급하게 도색하느라 롤러 자국이 껄끄러운 부엌이
딸린 쪽방이었다. 엄마는 여전히 길 커피를 팔았고, 밤마
다 조립식 옷장의 꽃무늬가 겹쳐 보인다며 눈을 비비곤

했다. 지나는 병원에 왜 안 가냐고 짜증 섞인 투로 물었다. 바빴어, 오늘. 손바닥을 눈앞에 갖다 대던 엄마가 재빨리 손을 내리며 말했다.

며칠 뒤, 평소대로 지나는 엄마와 늦은 저녁을 먹고 정말 약만 먹으면 된대? 하며 엄마를 봤다. 아무래도 마음이 놓이지 않았다. 약을 삼킨 엄마가 빨리 수술 날을 잡지 않으면 방법이 없다는 안과 의사의 말을 아직은 괜찮다네, 로 바꿔 말하고 안약을 눈에 넣었다. 그래도 일찍 다녀, 그것도 눈이라고. 지나는 반신반의하면서도 엄마의 시력보다 아버지의 속셈을 제대로 알아보지 못한 엄마의 지난날을 비꼬았다. 막역하지만 이젠 낄낄거리긴커녕 소리 없는 웃음조차 나눌 일 없는 모녀 사이였다.

다음 날, 그럭저럭 시간이 흘러 6교시가 시작되려는데 창밖에 희끗희끗 눈발이 날렸다.

지나는 엄마에게 문자를 보냈다. 마을버스가 끊길지도 모르니 당장 집에 들어가라고. 학교를 파하고 집으로 가기까지 카톡과 전화를 여러 통 했고 다시 전화를 걸었다. 엄마가 버스를 자꾸 놓치고 있었다. 집에 도착한 지나는 계속 전화기에 매달렸고 다 와간다는 말을 듣고 마중을 가기 위해 일어섰다.

후호, 후호. 숨을 몰아쉬며 엄마가 부엌으로 들어섰다.

우산에서 덩이진 눈이 떨어졌다. 우산부터 접지. 지나가 쏘아붙였다. 비틀거리며 방에 들어선 엄마가 낡은 크로스 백에 손을 넣었다 빼며 이거, 하더니 쓰러졌다. 방바닥에 뭔가 떨어졌지만 놀란 지나는 울먹이며 엄마를 흔들다가 119에 전화를 걸었다. 엄마가 눈을 감은 채 입술을 달싹였다.

지나는 엄마의 입에 귀를 갖다 댔다. 통장. 엄마는 통장을 반복했다. 지나는 방바닥에 떨어진 것을 주워 엄마의 손에 쥐어 주었다. 꼴까닥하는 줄 알았네. 그제야 눈을 뜨고 통장을 확인한 엄마가 핏기 없는 얼굴로 웃었다. 버스를 몇 대나 놓치고 눈길을 걸어온 엄마는 하염없이 긴 잠을 자고 싶었지만 통장 때문에 눈을 뜬 것만 같았다.

고생을 사서 하지. 대학 등록금엔 턱없이 모자라는 적금통장을 보며 지나는 퉁명스럽게 말했다. 정류소에서 제때 버스 번호를 알아보는 게 우선이야, 병원에서 시키는 대로 하라고.

엄마가 걱정 말라며 웃었다. 지나는 휴대폰을 들고 방을 나서며 입술을 삐죽였다. 등신.

오랜만에 고함과 웃음소리가 골목을 울렸다. 지나는 집 앞에 쪼그리고 앉아 119에 신고를 취소한다고 전화하고 아르바이트 자리를 검색했다.

다음 날 수업을 마치고 물류센터로 간 지나는 롤러 컨베이어 앞에서 끊임없이 흘러드는 택배 상자를 집어냈다. 컨베이어의 요란한 소리가 멈춘 시각은 밤 열한 시. 오 분 휴식입니다, 마이크 소리가 들렸다. 화장실로 가던 지나는 휴대폰에 뜬 부재중 전화번호에 연락했고 엄마의 사고 소식을 들었다. 몇 개씩 겹쳐져 보인다는 엄마의 시력 때문인지도 몰랐다. 교통사고는 단순하게 처리되었다.

엄마의 빈소를 수와 함께 지켰다. 눈을 감아도 떠도 눈물 한 방울 나오지 않았다. 화장실에서 손을 씻다가 거울에 비친 얼굴을 바라봤다. 손을 들어 자신의 뺨을 때렸다. 세게 때렸다. 힘을 다해 내키는 대로 때렸다. 숨이 가빴다. 숨이 잦아들 때까지 거울을 보다가 화장실을 나왔다. 수가 놀란 표정으로 바라봤다. 지나는 벽에 기대 앉아 엄마의 영정을 보다가 얼굴을 무릎에 묻었다. 우두커니 앉아 있던 수의 시선이 허공으로 향했다.

장례식을 마치고 지나는 수에게 동거를 제의했다. 아버지가 찾아올까 봐 두려웠고 마주한다면 무슨 일이든 벌어질 것만 같아서였다.

수는 덤덤하게 그러든지, 했다. 지나는 이번에는 방세를 내겠다고 했고, 돌아온 대답 역시 그러든지, 였다. 구체적인 것을 생각할 필요가 없는 대답이었다. 지나는 캐리어 하나를 끌고 엄마가 썼던 우산을 가지고 수의 원룸으로 갔다. 그리고 식당 아르바이트를 시작했다.

가영은 채팅에 열을 올리더니 모텔을 드나들었다. 얼마 지나지 않아 한 남자와 사라졌고, 지나는 경찰서를 들락거려야 했다.

아이들의 시선을 감당할 방법이 없는 지나는 학교에 가지 않았다. 끊임없이 낯선 얼굴을 마주하고 웃는 표정을 유지해야 하는 식당 일도 견딜 수 없어 근무 중에 자주 뛰쳐나왔다. 밥을 먹으러 오는 그들은 밥만 먹으러 오는 게 아니었다. 웃고 떠드는 그들과 다른 세상에 사는 자신을 확인했고 막막했다. 결국 식당에서 잘렸고 여러 아르바이트 자리를 전전하던 중 직업훈련소를 통해 가게를 보러 갔고, 먼저 말을 걸어온 인근 가게의 점원 여자가 적극적인 추천을 하여 두 평 남짓한 이곳에 자리를 잡았다.

"얼굴이 왜 그래?"

점원 여자가 수선할 것을 내려놓으며 걱정스러운 표정을 짓는다.

"밤에 뭘 좀 먹고 잤거든요."

지나는 방금 거울에 비친 자신의 얼굴을 떠올리며 밤참

으로 인한 부기라고 우긴다. 사실 오늘은 나오지 말았어야 했다. 수가 지난밤 변칙적으로 랑이를 사용한 바람에 거의 뜬 눈으로 보냈다. 아침부터 사람을 대할 용기도 기운도 바닥이었다. 하지만 방구석에 종일 널브러져 있을 생각을 하니 부담이 있더라도 나와서 움직여야 했다. 인근 가게 사람들의 근질거리는 세 치 혀의 먹잇감이 되지 않기 위해 부기라도 가라앉기를 기다리며 어디선가 시간을 보내야 했고 마침 그저께 본 영화 서평이 떠올라 영화관으로 향했던 것이다.

"정말 괜찮은 거니?"

점원 여자가 특유의 인정 많은 얼굴로 눈썹을 모으며 묻는다.

"그럼요. 요즘 정말 감당이 안 된다니까…… 식욕이."

"계집애, 먹어도 살도 안 찌면서 감당은 무슨."

점원 여자가 선뜻 물러설 기미를 보이지 않는다.

"저녁때 한잔하기로 하고 일 좀 하게 비켜줘요."

지나가 재봉틀 발판에 힘을 주며 소리친다.

"오케이."

기다렸다는 듯이 점원 여자가 경쾌한 목소리를 남기고 자리를 뜬다. 어쩔 수 없다. 여자는 정이 많은 만큼 정을 해소할 데가 필요했다. 옷 가게 여자 서너 명이 왔다 가고 재봉틀 돌아가는 소리가 이어진다. 수가 아니었다면 있을 수 없는 소리다.

수는 성실하게 공부했고 공무원 시험에서 떨어졌지만 변함없다. 아버지가 아파트를 샀다며 찾아왔을 때 지나는 불안했다. 네 번으로 기억하는 아버지의 출현은 대체로 빚을 보태놓았다. 아버지가 집을 산 경우는 처음이지만 엄마는 그동안 겪은 삶의 안목으로 가차 없이 거절할 줄 알았다. 그러나 엄마는 더 큰 아파트로 갈 것이라는 아버지의 장담 때문인지 보기에도 버거운 가구를 들였다. 농짝과 화장대의 번드러운 광택은 불안한 집 안 공기에 일조를 했다. 자신의 안락을 위해 수단을 가리지 않는 아버지는 지금도 어디선가 뭇 여자의 생에 느닷없이 나타나 빨대를 꽂고 있을 것이 분명했다.

지나가 초조하게 랑이를 기다린다. 이윽고 전신을 휘감는 타격으로 몸이 뒤틀린다. 침대에 얼굴을 묻고 동통을 이기고자 깊은 숨을 내뱉는다. 무언가 몸 밖으로 배출되는 듯하다. 아팠으면 좋겠다, 라고 수에게 말하길 잘했다 싶어진다.

일을 마치고 용기를 내어 점원 여자와 부근 가게 여자 둘과 어울렸지만 이내 허무감이 밀려들었다. 당연히 시시

걸렁하고 시답잖은 농담과 나름의 한숨 섞인 한탄이 오
가는 자리였다. 공감도 공유도 느낄 수 없었다. 서너 살에
서 여섯 살 이상 많은 그녀들의 빤한 대화가 지루했고 곤
욕스러워 박차고 일어나고만 싶었다. 몸이 근질거리기 시
작했다.

나 좀 때려줄래? 지나가 처음으로 수에게 말했을 때,
때려? 수는 눈을 동그랗게 뜨고 말까지 더듬었지만 며칠
뒤 기다란 가죽 채찍을 조심스레 내밀었다. 어쩌라고. 지
나는 눈으로 수에게 물었다. 엄마의 상을 치르고 위로랍
시고 안아줄 수도 있을 텐데, 수의 태도는 한결같이 무뚝
뚝했다. 지나는 문득문득 초조하고 지금처럼 근질거리는
몸의 반응으로 자신도 모르게 나 좀 때려줄래, 했던 것이
다. 빤히 부딪혀 오는 수의 눈길에 묘한 감정이 스쳤다.

자신에게 손과 발을 거침없이 사용하는 아버지를 떠올
리며 수가 내민 것이 보다 인격적인 도구가 될지도 모른
다는 생각이 들었다. 위로받는 방법이 한결같을 수 없다.
불쑥 갈피 잡을 수 없을 만큼 들끓는 가슴의 연유를 딱히
꼽자면 엄마가 세상에 없다는 것이지만 그의 방식을 따
라보기로 했다.

이틀 동안 꽃무늬가 박음질된 상자를 만들었다. 만드
는 동안 알 수 없는 기대감에 가슴이 울렁였다. 생경한 감

정이었다. 상자를 만드는 자신이 놀라웠고, 상자를 만들기로 했을 때, 뚜껑에 넣을 무늬로 단번에 패랭이가 떠올랐다. 3층짜리 연립주택 건물 구석진 데서 변함없이 한들거렸지만 가까이 가 보면 매번 다른 모습이었다.

집으로 가다 말고 휴대폰 불빛으로 꽃대만 남은 것을 한참 들여다보기도 했다. 보면서 거친 아버지의 목소리와 엄마의 새된 비명이 그치길 기다렸다. 그런 날이 지겹도록 흐른 어느 날, 꽃대가 보이지 않았다. 그 길로 잊었는데. 지나는 생각보다 꽃송이가 환한 분위기로 박음질된 것을 보며 지난날을 떠올리다가 결연한 표정으로 채찍을 상자에 담았고, 수에게 내밀었다. 서로의 내면을 헤아려 볼 기회가 될 수 있을 것이었다. 그렇게 생겨난 공감이야말로 사랑보다 강력하지 않을까 싶었다.

시작은 가벼웠다. 키득거리며 때리고 맞았다. 한 달에 한두 번 장난 같은 행위로 채찍에 이름도 붙었다. 랑이. 패랭이의 끝 자를 딴 랭이를 랑이로 바꿨다. 랑이로 할까? 랑이 쓸까? 랑이 어때? 이런 말이 오가며 진지해져 갔다. 수가 관련 사이트를 열어 보며 자세나 옷차림을 요구했고 별다른 고민 없이 응했다. 새로운 경험에 호기심도 있었다.

수가 지나의 얼굴을 슬쩍 보고 다시 랑이를 휘두른다.

입술을 문 채 움직이지 않으려고 안간힘을 쓰는 지나가 살갗에 닿은 랑이의 강도를 헤아린다. 오늘 확실히 다르다. 온몸을 휘감는 아픔을 티내지 않으려 하지만 번들거리는 눈, 해독할 수 없는 입술의 미소까지, 수가 낯설다. 양손을 결박한 침대 모서리의 끈을 풀려고 버둥거려도 소용이 없다. 언제든 스스로 풀 수 있던 매듭이었다. 수가 다시 랑이를 손에 감아쥐고 휘두른다. 지나의 입에서 신음이 터진다. 소리 없이 수가 웃는다. 벌어지는 저 입.

니 에미 데려와. 눈앞이 번쩍하던 찰나 벌어진 입술이 떠올랐다. 수가 다시 랑이를 들어 올린다.

"수, 아냐! 이건."

소리친 지나의 허벅지에 불덩이가 박힌다. 눈앞이 깜깜해지고, 얼마나 지났을까. 모로 힘없이 누워 있던 지나의 입술이 달싹인다.

"엄마."

수가 지나의 허벅지에 찬 수건과 뜨거운 입술을 번갈아 갖다 댄다. 피가 말라붙었다며 휴지로 지나의 입술을 닦는다. 목구멍에서 터져 나오는 울음을 마른기침으로 삼킨 지나가 미간을 찌푸리며 입을 연다. 너무 아파 힘들었다고, 손이 너무 세게 묶였다고 하려는데 딴소리가 나온다.

"먼저 자……. 내일 출근하려면…… 아, 발가락, 발가락 좀 긁어줘."

"여기, 여기?"

몸에 닿은 손이 뜨겁다. 수가 진지한 표정으로 지나의 발가락을 가만가만 긁는다. 눈이 감긴다. 조금 전 낯선 수의 모습이 옅어지며 안온한 기분이 번진다.

아팠으면 좋겠다고 했잖아, 뭐가 불만이야. 수의 화난 목소리에 화들짝 놀라 눈을 뜬다. 수가 옆에서 낮게 코고는 소리를 내며 자고 있다. 꿈이지만 맞는 말이었다.

다음 날 지나는 재봉틀을 돌리다가 멈추기를 반복한다. 몸 이곳저곳이 쿡쿡, 찌르는 것 같다. 가만히 한숨을 내쉰다.

새벽에 깜박 잠이 들었다가 밝은 기운에 눈을 떴을 때, 무표정한 수의 얼굴과 마주했다. 괜찮아? 건조한 수의 목소리는 영화에서 본 사이보그의 음성과 흡사했다.

"너도 느꼈겠지만, 초등학교 동창의 동생 친구인 널 따로 만난 건 순전히 그냥이야. 다만 여느 여자아이에게서 느낄 수 없는, 이를테면 또래들에게서 흔히 볼 수 있는 야만적인 이기심이나 이성에 대한 막연한 환상 같은 것이 없어 보여서 계속 만났을 뿐이지. 그런데 아, 내가 면접에서 떨어지다니."

수는 갑자기 9급 공무원 시험에서 떨어진 것을 한탄하더니 임시방편으로 들어간 직장에 대해 말했다.

"너 때문에 면접에서 떨어졌다는 말이 아니고, 지금 일하는 데가 수습사원 때도 고역이었지만 갈수록 빠른 업무에, 단조로운 일상에 하루하루가 막막해 미칠 것 같았지. 네가 있어서 이 정도 생활이 유지되고 있음을 부인하지 못해. 너의 요구를 들어주면서 안정을 찾게 되니까."

수는 웃었지만 안정과는 거리가 먼 표정이었다. 지나는 수에게 몸을 맡기는 것이 누구도 함부로 닿을 수 없는 경지의 행위라고 여겼다. 이를테면 수도자의 종교의식과 다를 바 없는 무엇이었다. 아버지의 손이 몸에 닿을 때 솟구치던 증오와 수치, 경멸과 대적의 느낌은 스스로도 놀랄 만큼 체념적이었다가 분노로 바뀌곤 했으나 수와는 처음부터 달랐다. 자원하여 만든 물리적 고통을 이겨내므로 누구에게도 표출할 수 없는 엄마와 아버지에 대한 감정들을 다스리기엔 최선이었다. 말하자면 수와의 행위가 자신을 부정하는 행위 같았으나 문제 되지 않는다고 생각했다. 부모 탓도 하고 싶지 않았다, 원하여 맞으니 안도와 희열이 따랐다. 그런 점에서 수는 세상에 둘도 없는 파트너였다. 수와 이대로 사는 것이 괜찮았다.

"야! 남의 장사 말아먹으려고 작정했어? 뭐야 이게?"

갑자기 코앞으로 뭔가 휙, 날아왔다. 아침에 근처 여성복 매장에서 찾아간 원피스다. 살펴보니 이어야 할 곳을 자르고 엉뚱한 곳에 리본을 달아 무늬도 모양도 틀어져 있다. 얼굴이 달아오른다.

"빨리 고쳐 드릴게요."

말끄러미 보던 여자가 인조 눈썹을 파르르 떨며 소리친다.

"걸레가 된 걸 고쳐?"

원피스가 특이한 스타일로 꽤 값나가 보인다.

"배상하겠습니다."

지나의 대답에 인조 눈썹이 조금 누그러진 표정으로 계좌번호를 적어 준다. 입금 금액을 본 지나는 가슴이 철렁하지만 어쩔 도리가 없다.

"이런 식으로 하다간 문 닫는 건 시간문제라는 건 알지?"

인조 눈썹은 할 말이 더 있다는 듯 다시 목소리를 높인다. 점원 여자가 들어왔다. 지나에게 일감을 펼치고 수선 내용을 설명하자 서로 아는 사이인 인조 눈썹이 입술을 삐죽 내밀고 하이힐 소리를 내며 나간다.

"쯧쯧, 뭔 사정인지 몰라도 애가 몰골이 말이 아니네. 집에 가 쉬어."

점원 여자의 걸걸한 음성에 끈끈한 정이 묻어난다. 지나는 자신을 어리게 보는 사람은 엄마와 점원 여자뿐일 거라 생각하며 힐끗 거울에 비친 제 얼굴을 본다. 수가 만든 자국은 보이지 않지만 퀭한 눈 주위에 다크서클이며 부석부석한 피부에 부어오른 몰골이 심상치 않다. 들어가 쉬라고 채근하는 여자의 말에 지나는 못 이기는 척 가게를 나온다.

가게 뒤편, 시장 쪽으로 난 길엔 오래 방치된 냄새들이 뒤엉켜 있다. 금방이라도 비를 쏟을 듯 낮게 내려앉은 먹장구름은 잿빛 세상을 만들고, 냄새는 갇혀서 진동한다.

가방에서 선글라스를 꺼내 쓴다. 겉도는 생각들을 지구를 한 바퀴 도는 한이 있더라도 정리하고 싶다.

미간이 찌푸려진다. 악취는 먹자골목에서 시작된 것 같다. 주변 건물들의 증축과 신축으로 인도를 낀 도로 따라 흐르는 물빛이 탁하다. 그 너머로 자욱한 잿빛 구름 아래 모텔들 불빛이 요요하게 반짝인다. 물길이 휘도는 하천 중앙엔 오래됐으나 반듯한 주택들이 산자락 따라 들어서 있는 동네로 진입하는 다리가 있다. 잘 관리된 티가 나는 동네는 다리에서부터 분위기가 다르지만 다리 아래로 비닐봉지, 쇠막대기, 스티로폼, 깨진 화분, 자전거 바퀴, 둥근 나무통. 오갈 데 없는 물건들이 쌓여 섬을 이루고 있다. 천변까지 수초가 검은 띠처럼 이어져 냄새를 풍긴다. 냄새는 사람들의 무심한 손끝에서 시작된 것이 분명했다.

지나는 엄마 없는 집에서 아버지에게 구타당한 뒤면 공상에 빠져들었다. 누구도 논박할 수 없는 설득력을 갖춘 이야기였다. 창이 훤히 밝아올 때 지나는 이미 불결한 피가 흐르는 주인공이 되어 있었다. 불확실한 존재보다 불행한 존재가 나았다. 불행한 존재보다 불결한 존재가 매력적이었다. 지나는 물속을 내려다보며 자신의 피 색깔이 저럴 것이라고 생각한다. 수는 그런 자신을 처음부터 알아봤을까?

새벽에 수의 말투는 줄곧 낮았고 냉소적이었다.

초등학교 교사였던 아버지는 늘 골골하셨지. 교감, 교장을 바라볼 나이가 되도록 이런저런 병명을 가지고 계시다 돌아가셨는데 이듬해에 엄마가 개가를 했어. 엄마의 신혼집에서 그리 멀지 않은 곳에 나의 거처도 마련되었지. 어느 날 엄마가 심각한 얼굴로 부르더니 너도 이젠 네 앞길은 네가 책임지도록 해라, 이러는데, 당연한 말이지만 다 큰 아들이 옆에 있는 것이 든든함이 아니라 불편하다는 것을 느낄 수밖에 없는 말투였어. 불쑥 나타난 낯선 남자의 호의에 예상치 못할 만큼 긴장하던 엄마의 몸짓

이 떠올랐지. 어쩌면 진작부터 알고 지낸 사람이었는지도
몰라. 아무튼…… 엄마의 눈썹은 더 짙어지고 입술은 더
붉어져서 나는 대학을 핑계로 서둘러 이곳으로 옮겨왔어.
아버지는 '몹쓸 양반'이라고 늘 타박하는 그 붉은 입술을
한 번도 후려친 적이 없었어. '가엾은 양반'이셨지. 엄마의
그림자가 아버지에겐 평생 수모였음을 나는 어릴 때부터
알았어. 너를 위해 채찍을 들면 아버지에게 혹독했던 엄
마의 눈길, 손짓, 말투가 되살아나. 무엇보다 아버지 무덤
에 흙이 마르기 전에 신방을 차린 역겨움이 코끝을 찔러.

　경적에 고개를 돌린 지나는 질주해 오는 자동차를 피해
몸을 난간 쪽으로 붙인다. 눈이 동그래진다. 건너편 인도
에 딱 붙는 바지 위로 검은색 재킷, 수다. 한 남자가 비틀
거리며 주저앉으려는 수의 겨드랑이에 손을 넣어 일으켜
세우고 있다. 수가 팔을 뻗어 남자의 허리를 감는다. 둘은
취한 듯 위태롭게 걸어 모텔 앞에서 이인삼각 경기인 양
계단을 오른다. 어정쩡한 자세로 건들거리던 두 사람은
자동으로 열린 두 짝의 거무스름한 유리문 사이로 힘겹
게 스며든다. 그리고 선 채로 서로를 향한 가눌 길 없는
욕정을 달래듯 부둥켜안고 입술을 탐한다. 두 사람의 실
루엣이 침침한 조명 아래 선명하다.

지나가 몸을 돌린다. 왔던 길을 향해 걷는다. 뛰기 시작한다. 달린다. 목구멍이 조여 온다. 선글라스가 떨어진다. 내처 달린다.

먹장구름이 점점 두껍게 내려앉아 손을 뻗으면 닿을 듯하다. 목적 없이 뛰었지만 어느새 수의 원룸이다. 가쁜 숨을 몰아쉬며 원룸 바닥에 주저앉는다. 부듯하게 가슴을 치받는 것, 올 곳이 여기뿐인가? 물음에 이어 랑이를 처음 내밀던 수의 표정, 방금 남자와 함께 있던 수의 모습이 겹친다. 웃음이 흘러나온다. 수에 대해 아는 것보다 모르는 것이 많은데 전부를 아는 듯 몸을 맡긴 순간들이 연극과 다를 바 없는 꼴이었다. 가라앉았던 동통이 다시 전신을 포박한다. 모로 누워 몸을 만다. 목구멍에서 웃음이 터지는데 눈가로 물기가 배어난다.

나란히 놓인 서랍장 두 개, 거울, 행거. 침대, 그 아래 채찍이 담긴 상자가 부유하듯 일렁인다. 상자를 집는다. 박음질된 패랭이가 살짝 일그러진다.

수가 여자로 대해주었으면 할 때가 있었다. 랑이 줘, 라든가 자, 랑이, 하면 랑과 이 사이에 묘한 여백이 느껴졌다. 사랑에 겨워 입 맞추고 껴안는 행위가 자연스레 떠올랐다. 하지만 거기까지였다. 아버지가 생각나면 그런 욕구가 거북했다. 불결한 피는 사랑 따윈 몰라야 했다. 완전 불결의 지점은 그래야 했다.

번개의 섬광이 창문에 부서진다. 물속 같은 방 안이 산발적으로 베어지다 까맣게 덩이지더니 뇌성으로 가구 수가 모호한 다세대 건물이 울린다. 빗줄기가 창문을 때린다. 지나는 채찍이 든 상자를 가지고 원룸을 나와 엄마가 쓰던 우산을 편다. 빗줄기가 거세다. 걸음을 옮길 때마다 채찍이 지나간 자리보다 깊은, 손 닿지 않은 곳, 몸 안쪽 어딘가 날카로운 것이 훑는 듯하다.

아버지는 엄마가 죽었다 깨어나도 자신을 뿌리치지 못할 줄 알았던 모양이다. 죽은 듯 살고 있는 모녀 앞에 당당하게 나타나 떳떳하게 괴롭히던 모습이 그랬다. 엄마는 아버지에게서 무엇을 보았을까.

하천 쪽으로 발걸음을 옮긴다. 수가 들어간 모텔이 있는 방향이다. 수를 찾아가 무얼 어떻게 해보겠다는 생각은 없다. 발걸음이 가는 대로다. 하지만 자신도 모르게 초조해지며 수와 마주치는 생각이 이어진다.

수와 마주치면? 아무 일 없는 듯 우산 속으로 들어온다면? 머리를 흔든다. 더는 생각하고 싶지 않다. 그럼에도 발걸음이 돌려지지 않는다. 이런 순간은 자신도 알 수 없는 셈이다.

물이 불어 넘칠 듯 출렁이는 하천 중앙에 쓰레기가 모여 탁한 물줄기가 솟구친다. 솟구치는 물살에 둥근 나무통이 보였다 안 보였다 뱅글뱅글 제자리에서 돈다. 상류에서 떠내려 온 것들이 뒤섞여 소용돌이를 만들며 흐른다. 세차게 흐르는 것들 사이에서 통은 무엇에 걸렸는지 맹렬히 돌 뿐이다. 비바람이 몰아친다.

우산이 뒤집히며 지나의 손에서 빠져 저만치 날아가 떨어진다. 향방 없이 구른다. 지나는 부유물이 발목에 감기는 것도 모르고 우산을 쫓아 흙탕물이 벌컥대는 쪽으로 간다. 적금통장은 해지한 지 벌써고 엄마에게서 유일하게 남은 물건이었다.

버스가 끊긴 그 밤에 부엌으로 들어서는 엄마의 얼굴은 우산에서 흘러내리는 눈처럼 창백했었다. 매몰차게 내뱉은 말. 우산부터 접지. 아버지 옆에 혼자 남게 되고부터 엄마에게 줄곧 하고픈 한마디였다. 어쩌자고 엄마가 선택한 세상에 느닷없이 남겨두고 떠났냐는 원망이었다. 빠른 속도로 우산이 떠내려갔다. 재우쳐 걷는 사이 손에 든 상자가 짓눌려 랑이가 삐져나왔다. 검은 물감이 번진 듯 거무스름하게 변한 가죽 가닥들이 발걸음을 뗄 때마다 손가락에 척척 감긴다. 징그러워. 웅얼거린 지나는 당장 손을 털어 버리고 싶었다.

수가 랑이를 들 때마다 슬며시 들떠 화색이 돌던 이유.
수는 지나에 대해 알고 싶은 것도, 옹호하는 것도, 공감하
는 것도 없는 그저 외로운 인간이었다. 그것은 그로서도
어쩔 수 없는 부분이었겠지만 징그러움이 어디서 비롯된
것인지 알 것 같았다. 지나 역시 수와 별반 다르지 않음을
깨달았다. 그럼에도 같이 있었던 시간이 그랬다. 징그러
운 시간. 그렇게밖에 표현되지 않았다.

비바람이 덮쳐 왔다. 눈을 질끈 감았다 뜬다. 우산이 보
이지 않았다. 정수리에 닿는 빗줄기의 기세가 맹렬하다.
잃어서는 안 될 무언가를 놓쳐버린 안타까움에 내 잘못
이 아니야, 하고 웅얼거림이 흘러나온다.

트럭 한 대가 물살을 가르며 교통신호를 받고 멈춘다.
적재함에 분리수거한 쓰레기로 보이는 물건들이 가득 담
겨 있다. 지나가 트럭 꽁무니로 다가가 랑이를 적재함에
던진다. 트럭이 출발하고 돌아서려는데 이차선 도로 저편
에 저것은, 얼크러진 검은 가닥들이 마치 사지 없는 파충
류들이 덩이져 떨어져 나간 것 같은 저것은, 랑이다. 소름
이 돋는다.

버려두고 갈 수도, 주울 수도 없어 망연히 본다. 못난
자신을 보는 듯해 버려두기가 부끄럽고, 내 것이라 하기
에 아픈 것이다.

문득 낯선 소리가 비바람에 섞여 든다. 도로 건너편 인도 저쪽에서 우비 차림인 노파가 느리게 수레를 끌고 다가온다. 걸음을 멈추고 힘에 겨운 듯 굽은 허리를 편다. 조그만 몸집 뒤로 비닐에 싸인 물건이 쟁여져 있는 수레가 참담할 정도로 무거워 보인다. 어룽어룽 비치는 것들은 종일 길에서 팔던 것이겠다.

얼굴까지 내려 쓴 비옷으로 앞이 보일까 싶은 노파가 랑이를 주워 지나를 향해 내민다. 방금 지나의 행동을 본 듯이 재차 팔을 뻗는다. 네 것이냐고 묻는 것이다. 지나는 두 팔로 크게 엑스 자를 해 보인다. 노파가 몸을 돌려 수레로 가더니 랑이는 이내 수레 위로 얼기설기 엮은 끈이 되었다.

수레가 다시 물살을 가르며 움직인다. 노파의 뒷모습은 작고 연약해 보이지만 이골이 난 듯한 자세 때문인지 바퀴 소리와 흔들림이 안정적이다.

수의 방에 둘 수 없어 들고 나왔지만 놓아버리고 싶은 순간 트럭이 왔고, 트럭을 향해 던졌지만 노파의 손에 들어간 랑이. 움켜쥐었어도 순식간에 빠져나가 사라져버린 우산. 이렇듯 복잡미묘한 과정으로, 예기치 않게 당도하는 순간이 현실이란 말인지. 엄마는 그 예기치 않음을 피하지 않고 살아내려 한 것일까.

지나는 어느새 맑아진 하천 옆에서 멀어지는 노파의 뒷
모습과 목적이 있는 듯 평안하게 흔들리는 수레에 눈을
떼지 못한 채 서 있었다.

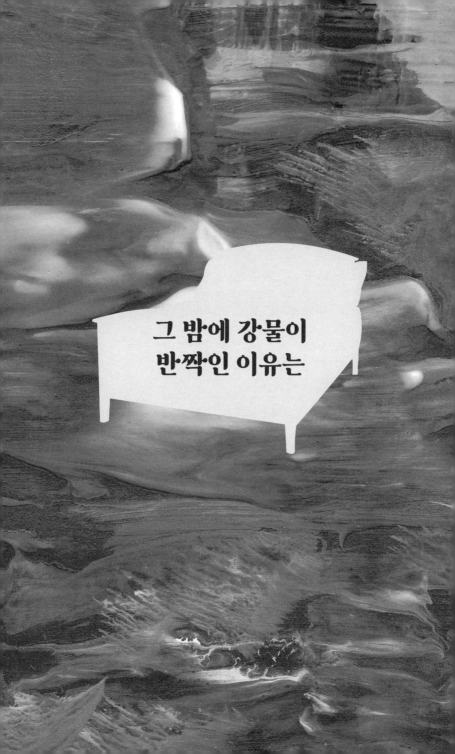

그 밤에 강물이
반짝인 이유는

배가 미끄러지듯 나아가기 시작했다. 그녀는 양손으로 어설프게 젓던 노를 놓고 허공을 응시했다. 물살 때문인지 까만 점 속으로 빨려 드는 착각에 잠깐 어지러웠다. 순간, 아이들이 떠올랐다. 가슴이 미어졌고 아직도 살아 있는 자신이 끔찍했다.

쉼 없이 움직이는 물을 보다가 집으로 돌아오면 하루가 흘렀다. 다시 무작정 집을 나와 강으로 갔고 물끄러미 물을 보다가 현관을 들어서면 쓰러지듯 드러누웠다. 누군가 그런 그녀를 보면 하루하루를 버틴다 하겠지만, 그녀는 죽이고 있었다. 어느 사이 당도해 있는 새날을.

오늘 그녀는 강에서 작은 배를 발견하고 물결을 바라보며 밤이 오기를 기다렸다. 그리고 어둠을 더듬어 배에 올랐다.

멀리서 가물거리다 사라지길 반복하던 도시의 불빛들

이 끊기고 사위가 깜깜했다.

 그녀가 배 밖으로 상체를 내밀자 배가 단박 뒤집힐 듯 기울었다. 그녀는 눈을 감고 허리를 깊이 꺾었다. 물살이 휘감듯 덮쳤다. 불덩이 같아 흠칫 놀랐으나 몸을 더 구부렸다. 날 선 물이 아우성치며 수천수만 갈래로 찢어져 달려들었다. 몸뚱어리가 맥없이 뒤흔들렸다. 강이 사방에서 그녀를 빨아 당겼다. 그녀의 의식도 빨려 들어갔다. 정신이 차츰 빠져나가는 것을 느끼며 눈을 뜨지 않으려고, 몸을 물살에 내주려고 사력을 다했다. 갑자기 눈앞이 환했다.

*

 노란 장판이 깔린 방 안이었다.

 늦은 오후의 햇살이 방 가운데 보자기처럼 펼쳐져 있었다. 바람에 무화과 나뭇잎 쓸리는 소리가 들리다 고요했다. 활짝 열린 창가에 서서 예전에 살던 방보다 넓고 천장이 높다는 생각을 했다. 머리 위를 봤다. 한 여자가 가지색 원피스 차림으로 나를 내려다보고 있었다. 팔과 다리를 좌우로 넓게 펼친 자세로 천장에 붙어 있는데, 부채꼴로 펼쳐진 치마의 잔잔한 주름이 여성스러워 보였다. 여자는 나를 노려보더니 천장에서 한 바퀴 돌아 내 앞에 내려섰다, 먼지가 떨어지듯.

정수리에서 발끝까지 얼어붙었지만 물러서려고 팔을 뒤로 뻗었다. 차가운 벽이 손바닥에 닿았다. 여자도 양손을 등 뒤로 하고 있었다. 공포에 짓눌렸으나 누굴까, 생각했다. 아무도 떠오르지 않았다. 누구에게 이런 상황에 이르도록 잘못한 짓이 있던가, 과거를 빠르게 더듬어 보았다. 언뜻 동생이 떠올랐다. 정말 사랑했던 여동생이 냉정한 모습으로 가장하고 여기서 나를 기다린 듯했다. 여자가 죽어버려, 하고 한 손으로 날 선 식칼을 내밀었다. 칼끝이 가슴팍에 닿을 듯했다. 턱을 바싹 당기며 주위를 둘러보았다. 휑한 사각의 방이 살짝 일렁였고 여자가 등 뒤로 숨긴 다른 손에 네 개의 식칼이 손가락 사이마다 화투장처럼 꽂혀 있는 것이 보였다. 이렇게 죽는구나, 하고 나는 내 죽음을 목도하기 위해 눈을 부릅떴다.

낮은 울타리를 따라 걷다가 대문 안으로 들어섰다.

햇살이 조명처럼 마당으로 쏟아지고 있었다. 앙증맞게 꾸며진 정원 안쪽에 빨간 벽돌집이 보였다. 티브이에서 본 어린이 프로그램 세트장 같았다. 손바닥만 한 창문이 햇살에 번쩍거려서 눈을 깜빡이며 다가갔다. 주변 공기가 서늘했다. 잠시 머뭇거리다가 문을 열었다.

실내는 어둑했으나 군데군데 밝았다. 구멍 난 천장에서 떨어진 햇살이 마룻바닥 곳곳에 무늬를 만들었고, 무늬의 개수만큼 천장까지 기둥을 만든 먼지 입자들이 허공에 빽빽하게 부유했다. 안으로 들어갔다. 실내가 깊어 보였다. 건너편 어두운 곳에 시체 두 구가 누워 있었다. 눈 감은 표정이 복고풍의 핸드메이드 인형처럼 단아했고 중세 시대의 하녀 복장을 하고 있었다. 누구지? 하고 중얼거렸다. 어두운 저쪽에서 누군가 대답했다. 너희지. 나와 동생이라고요? 내가 묻자 바로 대답이 들려왔다. 그렇다. 그럼, 저기 밖에 있는 무덤은 뭐예요? 어둠이 대답했다. 거기에도 너희가 묻혀 있다. 혼란스러워서 고개를 빼고 밖을 바라보았다. 울타리 옆에 막 사춘기로 접어든 소녀 가슴처럼 봉긋한 무덤 두 개가 보였다. 들어올 때는 보지 못했는데 거기 무덤이 있는 걸 나는 어떻게 아는지. 얼떨떨했다.

햇살 속에 여린 풀들이 살랑거렸다. 두 개의 미니 동산 같기도 하고 장난으로 만든 두꺼비 무덤 같기도 했다. 아이들의 그림책 표지와 같은 색감인 대문과도 잘 어울려 보였다. 여기 놓인 것도 나, 저기 묻힌 것도 나, 그걸 바라보는 것도 나, 나는 어디에고 자연스러운 존재 같았다. 순

176

간 어둠이 빙그레 웃는 듯했다. 나는 어둠을 응시하다가 집 안으로 흘러들어 온 빛을 바라봤다. 빛은 바닥에서 시작된 것처럼 보였다. 그 속에 부유하는 먼지 입자들이 소리 없이 소란스러워 반란을 일으키는 것 같았다. 태초부터 먼지는 그랬을 것이다. 어둠이 덮치면 언제 그랬냐는 듯 감쪽같이 사라졌고 햇살 속에서 유유히 자신을 드러냈다. 그러니까 나는 먼지다. 불현듯 깨달았다. 하늘과 땅 사이에서 그러했다. 어둠이 다시 빙그레 웃는 듯했다. 저기 무덤 속에 누워 있는 나는 어둠에 갇힌 먼지. 여기 누워 있는 것은 그늘에 가려진 먼지. 이 모든 것을 보고 있는 나는 빛 속에 부유하는 먼지였다. 햇볕 속으로 가 쿵 쿵 뛰었다. 먼지가 솟아올라 나를 에워쌌다. 몸에서 알 수 없는 가루가 끊임없이 떨어졌다. 떨어지며 바닥에 한 남자의 얼굴 형상이 드러났다. 치를 떨며 발로 뭉개버렸다. 그놈이었다.

울며 시커먼 구릉 사이로 뻗은 우둘투둘한 길을 걸었다.

마음을 추슬렀다. 풀 한 포기 보이지 않는 길 표면을 자세히 보니 석탄이었다. 하늘마저 잿빛이어서 공기에 석탄 가루가 용해되지 않았나 싶고 몹쓸 병에 걸리고 말 것 같았다. 호흡을 얕게 하며 걸었다. 어디서 나타났는지 오백 미터 전방쯤에서 로마 병정 차림인 남자 다섯 명이 걸어가고 있었다. 한 사람이 앞장서 걷고 네 사람이 어깨에 한 사람을 떠메고 구릉 사이로 가는 중이었다. 병정들은 발을 맞춰 걸었는데 어깨에서부터 정강이까지 늘어트린 검은 망토가 일정하게 펄럭였다. 은빛 철모를 쓴 뒷모습이 사람의 온정이라곤 티끌만큼도 없어 보였다. 네 명의 병정에게 사지가 맡겨진 사람은 전체가 맑은 빨간색이어서 옷 색깔인지 몸 색깔인지 알 수 없었지만, 로마 병정들이 빨간 십자가를 메고 가는 형국이었다. 어쩌면 나도 저들에게 사지가 맡겨질 것 같았다. 가슴이 저려 왔다. 주름처럼 포개진 먼 곳의 구릉은 협곡을 이루었고 그 너머 협곡은 잿빛으로 아득하여 하늘과 닿아 있었다. 시선의 한계를 넘은 아득한 저쪽으로 이들은 행군할 모양이었다. 병정들은 자신이 처한 상황을 어떻게 받아들일까. 사지가 타인에게 맡겨진 채 어디론가 옮겨지는 그는 무슨 생각을 할까. 죽었을까. 이러고 있는 나는 무엇일까. 무엇 때문에 이러고 있는 걸까. 알 수 없는 사이 저들의 풍경에 가담된 것 같았다. 어쩌면 서로에게 어쩔 수 없이 가담되고 마는 것이 생이며 죽음을 향한 여정이라는 생각이 스쳤다.

우리 아이들이 다닐 초등학교 앞이었다.

모래바람이 눈을 뜰 수 없을 만큼 세게 불었다. 운동장 가장자리에 설치된 구름다리, 하늘다리, 정글짐, 박아 놓은 타이어 따위의 놀이 시설이 형태만 겨우 보였다. 날아가지 않은 것이 다행일 정도로 강한 토네이도였다. 해가 있어 순간순간 환했고 모래 때문에 전신이 따끔거렸다. 아이들 몇 명이 운동장 복판에서 등을 잔뜩 구부려 비틀거리며 걷고 있었다.

들어가, 들어가라구. 나는 손나팔을 하고 아이들을 향해 소리쳤다. 입속으로 모래바람이 불어왔다. 아이들은 바람을 막는데 몰입되어 돌아보지 않았다. 몸으로 바람을 막는 행위가 노는 것이었다. 나는 찡그린 얼굴로 고개를 푹 숙인 채 운동장을 가로질렀다. 본관 귀퉁이 뒤뜰로 가는 입구에 아름드리 느티나무를 지나자 담이 없는 조그마한 집이 보였다. 사택 같았으나 내 집인 양 쪽마루에 급히 올라 재빨리 방문을 열고 들어간 뒤 꼭 닫았다. 자그마한 방 안에는 초등학교 일 학년도 안 돼 보이는 딸이 이불 속에 다리를 넣고 앉아 놀고 있었다. 혼자 두었다는 사실에 안쓰러웠지만 손을 이불 속에 집어넣으며 딸에게 다가가 웃는 얼굴을 내밀었다. 손바닥에 모래가 버석거렸다. 모래가 집 안에 들어오다니. 이래서 어떻게 사냐고 중얼거리며 이불을 들었다. 이불에서 모래가 주르르 흘렀다. 놀라서 밖에 나가 털려고 방문을 열었다. 운동장엔 여전히 모래 폭풍이 휘몰아치고 있었다. 쪽마루에 서서 이불을 들어 올리자 마루 끝을 넘은 발가락이 저절로 오그라들었다. 힘을 다해 터는데 이불에서 모래가 쏴아, 쏟아졌다. 다시 힘껏 털었다. 모래가 쏟아졌다. 어디서 이렇게 나오나? 중얼거리며 이불을 들추었다. 모래는 이불 홑청 네 귀퉁이에서 솟았다. 소름이 돋았다. 기괴한 바람 소리에 고개를 돌리자 느티나무가 덮칠 듯이 가지를 흔들며 잎사귀들을 뒤집었다. 지구의 종말이 이렇게 오려나. 이불을 털다 말고 쪽마루에 앉아 힘없이 앞을 보다가 방 안으로 들어왔다. 딸은 보이지 않고 방바닥에 작은 발자국들이 찍혀 있었다.

상심이 되어 밖을 내다보았다. 잿빛 모래 세상에서 아이들이 놀고 있었다. 입을 벌리고 웃는 딸의 얼굴이 언뜻 보였다. 따가운 눈을 깜박거리며 저 모습을 잊어서는 안 되겠다는 생각을 했다.

여섯 살 된 아들을 업고 경사가 칠십 도쯤 되는 길을 걷고 있었다. 두 사람도 나란히 걷지 못할 폭에 왼쪽은 낭

떨어지, 반대쪽은 아득한 꼭대기에 철망이 감겨 있는 벽
돌담이었다.

아이가 편하도록 몸을 최대한 숙여 담장 쪽으로 붙어
서 한참 올라갔다. 숨이 차서 걸음을 멈추고 고개를 들었
다. 언덕 위에 몇 그루 소나무가 흔들리고 있었다. 바람이
부는 모양 같았다. 땀이 눈과 입으로 흘러들었다. 저기 가
면 쉴 수 있겠지. 시멘트로 마감된 바닥을 조심스럽게 밟
으며 다시 올라갔다. 갑자기 뒤로 확 무게가 실려 아들의
엉덩이에 있던 손이 풀렸다. 순간적으로 아들을 떨어뜨리
지 않기 위해 사력을 다했다. 겨우 중심을 잡았다. 눈앞이
노랬다. 자지러진 울음소리에 돌아보니 뽀얀 아들 이마에
진홍빛 자국이 선명했다. 가슴이 무엇에 파먹힌 듯했다.
아들 머리 뒤쪽으로 담장에서 한 뼘도 더 되게 튀어나온
철근 골조가 보였다. 자신이 원망스러워 당장 낭떠러지
로 뛰어내리고 싶었다. 아들이 일그러진 얼굴로 죽어 엄
마, 했다. 자책감에 정말 죽고 싶지만 저 너머로 어서 가
자고 달랬다. 언덕 너머에 동네가 있을 듯했다. 아들보다
어린 딸과 남편이 분명 있을 것 같았다. 업은 아들을 추스
르고 다시 걸었다.

마침내 언덕을 넘어서 비탈을 내려와 평지에 닿자 먼지
가 풀풀 날리는 비포장길이 이어졌다. 발걸음이 나는 듯

가벼웠다. 딸이 어디에 있을까, 남편은 어디로 갔을까. 사방을 두리번거렸다. 쉬하고 싶어. 응석이 밴 음성으로 아들이 말했다. 조금만 기다려. 다독이며 오줌 누일 자리를 찾았다. 능선을 몇 개나 넘고 그만큼의 솔가지를 거친 산바람이 스산하게 우리를 훑고 지나갔다. 이대로 곧장 걷고 싶었다.

저기야. 등 뒤에서 아들이 엉덩이를 번쩍 들었다. 아들이 손가락으로 가리킨 곳에 시멘트로 마감된 회백색 건물이 보였다. 달렸다. 아치 모양인 입구로 들어서자 어둑한 내부가 싸늘한데 어디선가 아우성이 울렸다. 오 미터가 넘어 보이는 천장에서 애도 소리가 가냘프게 흘러나오고 있었다. 밖으로 나가기 위해 두리번거리는데 두개골이 드러난 사람의 전신이 앞에 있었다. 시체였다. 낡은 걸레 같은 몸피로 양팔을 벌리고 고개를 한쪽으로 가눈 상태가 벽에 걸려 오래 방치된 모양이었다. 시체의 발아래 재래식 변기가, 거기 팔 부 정도 찬 꾸덕꾸덕한 오물 위에 눈을 감은 하얀 피부의 아기가 태아처럼 누워 있었다. 치를 떨며 밖으로 뛰쳐나왔다. 갑자기 등 뒤가 서늘했다. 아들이 어디로 갔는지, 자유로운 내 양손 때문에 순간 숨이 막혔다. 근원이 모호한 존재가 요사스러운 공포로 휘감는 기운이 느껴졌다.

자동차가 겨우 지나갈 정도인 비포장길을 걸었다.

아파트 신축 공사장을 가리느라 어른 키보다 높은 함석판이 길을 따라 이어져 있었다. 반대편엔 단층 주택들이 비슷한 형태로 반복하듯 나란했다. 나는 함석판 쪽으로 바짝 붙어서 걸었다. 해거름이었고 공사장에서 들리는 소음과 분진이 버무려진 길은 고단함이 진득하게 배어 있었다. 나는 색이 희끄무레한 원피스를 입었는데 장을 보러 가는 중이었다. 타이탄 트럭 한 대가 지나갔다. 가슴께 되는 높이의 바퀴들이 먼지바람을 일으켰다. 끈적한 바람이 사타구니 속으로 들어와서 가슴팍까지 휘저었다. 치마를 쓸어내리며 트럭의 꽁무니를 고개 숙인 채 흘겨봤다. 도로를 꽉 메운 트럭의 무심함과 위용에 속이 상했고 사는 일이 하찮고 쓸쓸했다.

시장은 약간 비탈진 산동네에 있었다. 그쪽으로 이내가 깃든 것이 스산해 보여 일찍 나올걸, 하면서 걸음을 서둘렀다. 시장 입구에서 하얀 종이 띠를 두른 김 한 톳을 천으로 된 장바구니에 넣었다. 묵직한 지갑을 열고 죄송하다며 잔돈을 헤려 눈앞에 있는 손에 건넸다. 빨랫줄처럼 굵고 푸른 힘줄이 도드라진 앙상한 손이 잔돈을 다 헤아리고 검은 앞치마에 붙은 주머니로 쏙 들어갔다. 어물

전이 있는 곳으로 갔다. 생선을 좋아하는 딸을 떠올리며 세월과 땟물로 시커먼 진열대 사이를 지나서 제법 커 보이는 어물전 앞으로 갔다. 물기가 촉촉한 생선들이 다양하게 진열되어 있었지만 싱싱해 보이지 않았다. 그냥 가려다가 고등어를 골랐다. 주인 남자가 다듬어 줄까요, 하고 물어서 그렇게 해달라고 했다. 남자가 칼로 고등어의 희번득한 목을 내리쳤다. 목과 몸통 사이에서 튄 피가 내 정강이에 한 방울 떨어졌다. 남자에게 손질해 두라 하고 닦거나 씻을 곳을 찾기 위해 돌아섰다. 그런데 피가 튄 자리, 그만큼의 두께로 핏덩이가 꿈틀대며 피부 속으로 스며들고 있었다. 급한 마음에 어디 씻을 데가 없을까, 하고 검은 물이 질척이는 통로를 빠른 걸음으로 찾아다녔다. 이윽고 시장이 끝나는 지점인지 주변이 한적했다. 맥이 풀리고 속이 상해서 발길을 돌리는데 눈앞에 포물선을 그으며 떨어지는 물줄기가 보였다. 제법 높은 석축 구멍에서 몇 걸음 앞에 있는 돌 웅덩이로 물이 기세 좋게 흘러 찰랑거렸다. 손을 담그려고 허리를 숙이다가 멈칫했다. 누군가 축대 위에 쪼그려 앉아 오줌을 누고 있었다. 오줌은 바로 웅덩이로 이어졌다. 핏덩이가 뱀처럼 살 속을 계속 헤집는 통에 진저리를 치며 한마디 하려고 고개를 들었다. 뜻밖에 환자복을 입은 동생이 웃는 얼굴로 바지를 올리고 있었다. 언니 좀 봐, 이상한 짓 해! 하며 엄마에게 엄살떨 때의 표정이었다. 횡포 부리듯이 데리고 간 산부인과에서 몸을 떨던 어린 동생이 아니었다. 허리를 구부리고 돌 웅덩이에 떠 있는 오물 거품을 피해서 다리의 핏자국을 씻었다. 흔적이 지워졌고 걷기가 한결 수월했다. 이참에 동생과 밥을 먹어야겠다고 생각하며 서둘러 생선을 찾으러 걸음을 옮겼다. 앞장선 동생이 다리 한쪽을 번쩍 들었다. 신발 한 짝이 휙, 허공으로 떠올랐다. 동생이 환자복을 펄럭이며 신발이 날아간 쪽으로 달렸다. 어릴 적 내가 잘하던 놀이였다. 신발이 날아간 잿빛 하늘 자락에 노을이 멍울지고 있었다. 사는 것이 손해인 것 같다가, 그나마 본전인 것 같다가 앞서가는 동생을 보자 가슴이 먹먹했다.

눈이 깃털처럼 날리는 밤이었다.

나를 향해 달려드는 눈발을 보다가 까만 허공 속으로 시선을 옮겼다. 어릴 적 성탄 전야 같은 느낌이 들었다. 고개를 뒤로 젖혀 하늘을 바라봤다. 몸이 둥실 떠올랐다, 풍선처럼.

노란 불빛이 점점이 박혀 있는 동네가 한눈에 보였다. 입이 벌어지며 웃음이 흘러나왔다. 탑 두 개가 아득히 높

은 언덕배기의 교회 위로 가뿐히 오르자 종탑 꼭대기가
정면으로 보였다.

　댕그랑. 종이 울렸다. 종탑을 바라봤다. 그윽한 울림이
공기를 가르며 퍼져나갔다. 보오옥. 기적소리와 함께 구
르는 바퀴 소리가 들렸다. 교회 건물 넓이만큼 간격이 벌
어진 두 개의 종탑 속에서 두 대의 기차가 달려 나왔다,
하얀 연기를 뿜으며. 만화영화 〈은하철도 999〉에서 기차
가 지구 밖을 향해 달리는 장면과 흡사했다. 종이 다시
울렸다. 보오옥. 기적이 울렸고 철컥대는 바퀴 소리가 커
지면서 두 대의 까만 기차가 나를 향해 질주해 왔다. 피
어오르는 하얀 기체를 뚫고 점점 다가왔다. 장엄한 위용
의 순간이 사라질 것 같아 움직이지 않았다. 차창에 까만
콩 같은 두 아이의 머리통이 보였다. 내 아이들이었다. 그
옆에 남편도 있었다. 부러진 낚싯대도 보였다. 여기, 여기
야, 여기를 봐. 양손을 흔들며 소리를 질렀다. 기차는 불
빛을 가지런히 품고 내 앞을 가로질렀다. 순식간에 산등
성이 저쪽으로 갔고 꽁무니가 이내 작아지더니 사라졌다.
산은 온통 침엽수림으로 빽빽했다. 침엽수 우듬지에 올
라 목을 빼고 산등선을 바라봤다. 그 아래 구불구불한 길
은 샛길이다가 숲에 묻혀 보이지 않았다. 얼핏 빨간 지붕
이 눈에 띄었다. 미끄러지다가, 구르다가 한참을 달려서

뾰족하고 빨간 지붕인 작은 집으로 갔다. 문이 잠겨 있지 않았다. 커다란 세 개의 창으로 햇살이 쏟아지는 실내가 온실과 흡사했다. 한기가 몰려왔고 눈이 부셔 두리번거리다가 창틀 위에 검은 물체를 발견했다. 한발 다가가자 푸득, 박쥐 같은 것이 날개를 휘저으며 날아올라 닫힌 창을 통과해 사라졌다. 다행이긴 했지만 온통 햇살인 집에도 저런 것이 드는구나 싶었고 그늘 한 점 보이지 않는 집이 무서웠다. 창문이 너무 커. 너무 밝아. 너무 깨끗해. 너무, 라는 수식이 붙는다면 무엇이든 공포가 될 수 있다는 생각이 들었다. 손과 발이 오그라들었다. 눈발이 아직은 아름답다고 느껴질 정도지만 무한 천공 역시 무한 공포에 노출된 것이었다. 하지만 세상은 이길 것투성이며 지금 역시 이겨내야 할 순간이었다. 아이들과 남편을 태우고 내 앞을 가로지른 기차는 어딘가로 달려가고 있을 것이었다. 까만 하늘 속에 하얀 눈발. 지상의 둥글고 노란 불빛들. 빽빽한 침엽수림. 나는 이 모든 것을 바라보다 크리스마스 카드 속에서 혼자 놀고 있음을 깨달았다.

엄마와 버스를 탔다.

언니 집에서 출발하여 내가 사는 집으로 가는 길이었다. 못 본 사이 너무 작아진 엄마는 이제 우리 집에서 가

장 작은 사람이 되어 있었다. 운전사 뒤로 두 번째 좌석이
비어 엄마를 앉혔다. 나는 서서 한낮의 차창 밖을 바라보
다가 엄마의 안색을 살피곤 했다. 버스는 한참 달리다가
섰다. 중학생 한 무리가 왁자하게 탔다. 서 있는 사람도
제법 있어서 버스 안은 복잡했다. 몇 사람이 더 타고 내리
자 버스가 다시 달렸다. 언제부턴가 서 있던 남자가 자신
주위에 있는 중학생들에게 뭐라고 말을 건넸다. 도道를 전
하는 모습 같기도 하고 우연히 만난 친척 아저씨가 반가
움에 말을 거는 것 같기도 했다. 아저씨, 사기꾼이죠? 한
학생이 소리쳤다. 그러자 우우, 학생들이 야유하듯 소리
를 질렀다. 버스가 정류소에서 섰고 남자가 나, 간다 하면
서 학생들에게 한 손을 들어 보이고는 내렸다. 나는 학생
들이 들으라고 한마디 했다. 얘, 아저씨가 아무리 이상해
도 어른인데 사기꾼이란 말을 그렇게 대놓고 하면 되니?

　유치원생인 아들과 딸이 살 세상이 염려되었고, 어른
이 고스란히 모욕당하는 것을 보고 있을 수가 없었다. 학
생들이 뭔 말이냐는 얼굴로 나를 바라봤다. 느닷없는 태
도에 표정을 어떻게 지어야 할지, 인성의 한 부분인 이 맥
락을 한마디로 짚을 수 없어서 웃음 띤 얼굴로 차창 밖을
봤다.

　버스는 늦여름 풍경 사이를 달렸다. 얼마 뒤 엄마와 버

스에서 내렸다. 집까지 걷기도 차를 타기도 애매한 거리여서 엄마에게 시장에 들렀다 가자고 했다. 엄마는 고개를 끄덕였지만 이내 발목을 접지를 듯 기우뚱거렸고 그럴 때마다 걸음을 멈췄다. 엄마의 겨드랑이를 껴 붙들었다. 그리고 언니 집에서 잘 지냈냐고 물었다. 낮은 목소리가 띄엄띄엄 들려왔다. "냄비, 씻고, 발, 닦아 그러면, 쓰나…… 여름엔, 내가, 거길, 말렸잖아." 말과 말이 생소하게 부딪혔다. 가슴이 조여왔다. 고개를 숙이고 걷는 데 집중했다. 길에 돌이 숱했다. 긴 치마를 입은 엄마의 발이 한쪽씩 번갈아 가며 보였다 안 보였다 했다. 울퉁불퉁한 길과 은근히 쏟아지는 태양빛에 택시를 타지 않은 후회가 밀려왔다. 하지만 조금만 더 가면 시장이었다. 단골 가게에서 엄마가 좋아하는 홍시도 사고 저녁 반찬거리도 사야 했다. 엄마 기분만 괜찮으면 이 길도 나쁘지 않을 것이었다. 가게가 보이기 시작했다.

한눈에 봐도 먼지로 찌든 가게들이었다. 엄마의 팔짱을 바짝 끼고 지나갔다. 진열된 것들이 괜찮아 보이는 가게에서 걸음을 멈추었다. 먹음직스럽게 커다랗고 반들반들한 홍시가 보이지 않았다. 엄마도 무엇을 고르는지 찬찬히 살피고 있었지만 슬며시 엄마의 팔을 잡아끌었다. 엄마 걸음으로 시장을 빠져나가려면 서둘러야 했다. 가게

들을 지나치며 빈약한 물건에 짜증이 났지만 티 내지 않
고 말했다. 조금만 가면 단골집이 있는데 거기, 물건들은
참 좋아. 자기가 직접 기른 것들만 취급하거든. 엄마는 고
개를 끄덕이며 나와 걷는 속도를 맞추려고 애를 썼다. 단
골 가게에 도착하고 보니 싹이 올라온 양파 무더기뿐이
었다. 어찌 된 일이에요, 아줌마. 나는 화가 나서 소리를
질렀다. 아이구, 죄송해서 어떡하나. 열두 집이 한 곳에서
물건을 떼서 가르는데 오늘 뭔 일이 있어서 창고 문도 못
열어 지금 장사를 못 하고 있네. 여자가 애원조로 말했다.
무슨 날벼락인지 싶었지만 아줌마, 그럼 물건 지금 못 가
져와요? 다그치자 응, 창고는 요 앞인데, 일이 해결되기
전까진 못 가져와. 여자는 난감한 표정으로 나를 쳐다봤
다. 아, 이런 경우도 있구나. 택시비도 아낄 겸 시장에 들
렀는데 시간만 버린 셈이 되었다. 속이 상해 중얼거리며
길 끝을 바라봤다. 어쩔 수 없이 엄마에게 다시 걸어갈 힘
을 불어넣어야 했다. 엄마, 더 좋은 데가 있어. 거기 가자.
아까부터 알아들을 수 없는 말을 툭툭 내뱉던 엄마가 고
개를 끄덕이며 걸음을 뗐다. 내리막길이었고 가게가 다닥
다닥 붙어 있었다. 속이 노랗게 익은 군고구마가 눈에 띄
었다. 반 조각이 천 원. 두 개에 삼천 원. 막상 사려니 너
무 비쌌다. 고구마 장수가 값이 많이 올라서 어쩔 수 없

다고 묻지도 않은 말을 했고 대꾸도 않고 발걸음을 옮겼다. 다음 가게는 고구마가 많긴 한데 신선도가 형편없었다. 홍시도 마찬가지였다. 다른 물건들도 선뜻 사기에 마땅치 않았다. 몇 군데 더 둘러본 결과 아까 그 고구마라도 샀어야 했다. 또 후회가 됐다. 엄마의 안색을 보니 더는 걷기에 무리였다. 여전히 입술을 달싹거리며 무슨 말을 했으나 알아들을 수 없었고 걸음이 아까보다 많이 느렸다. 어떻게 해야 좋을지 몰랐다. 갑자기 발밑이 꺼지는 느낌이 들었다. 손에 들려 있어야 할 가방이 보이지 않았다. 하얀 비닐봉지와 엄마의 옷 가방만 쥐고 있었다. 지나왔던 곳을 재빨리 되짚었다. 가방 내부를 떠올렸다. 휴대전화, 지갑, 현찰 몇 만원 그리고 카드. 신고부터 해야 했다. 주변을 돌아봤다. 가게도 행인도 눈에 띄지 않았다. 사차선 도로만 건너면 집이지만 삼거리 경계석에 엄마를 앉히고 들고 있던 것을 발치에 놓았다. 엄마는 드러누울 듯이 힘이 없어 보였지만 가방을 금방 찾아올 테니 잠시만 기다려달라는 말에 고개를 끄덕였다.

뛰었다. 필시 어느 가게에 있겠지. 두 개의 짧은 끈이 달린 검은 에르메스 가방…… 얼마나 아끼는 건데…… 언니 집에 기거하는 엄마에게 보여준다고, 나 이렇게 살아요, 엄마가 걱정할 정도는 아니에요, 사치를 즐기는 언니와 물건을 잘 알아보는 엄마에게 보여주는 것도 괜찮을 것 같아 들고 나왔는데. 오르막을 뛰어가며 가게마다 들어가 물었다. 혹시 가방 보셨나요? 아니, 못 봤는데. 똑같은 대답을 들었다. 엄마와 계속 팔짱을 껴서 아플까 봐 반대편 팔을 잡느라 내려놓았던 기억이 있는 그곳에도 없었다. 길 끝에서 퍼질러 앉았다. 어느새 가게마다 불빛이 환했다. 홀로 길가에 있는 엄마를 생각하며 일어나 언덕길을 내달았다. 가슴이 타들어가는 듯했다. 좋은 것만 드리려고 별렀던 길이 아뜩하고 깜깜하기만 했다.

길게 자란 풀이 미풍에도 정강이를 휘감았다.

바지를 입어서 다행이라 생각했지만 옷 위로 닿는 느낌이 버거웠다. 풀은 푸른 것들과 빛깔이 다한 것들로 섞여 있었는데 푸른 것들은 독을 품은 듯 짙었고, 빛깔이 바랜 것들은 잡아당기면 쑥 뽑힐 듯했다. 풀숲은 언덕으로 이어졌다. 왜 가야 하는지 모르고 걷는 중이지만 멈출 수도, 되돌아갈 수도 없었다. 낯선 곳이었고 해가 기울고 있었다. 사방이 채도를 서서히 잃어가더니 어느 사이 달이 떠 있었다.

거기가 거기인 듯 광활한 분지는 육백 미터 전방쯤 전나무 숲이고, 그 너머 아득하고 가파른 산을 하얀 달이 비추고 있었다.

지쳐가고 있었다. 어서 숲을 통과해 산 아래 어디서든 쉬었으면 했다. 문득 혼자가 아닌 느낌이 들었다. 등골이 서늘하고 몸이 뻣뻣해왔으나 걸음을 멈추면 안 될 것 같았다. 걸으며 슬그머니 뒤를 돌아보았다. 달빛을 받아 희끗희끗한 풀 위를 새까만 물체가 스치듯 따라오고 있었다. 소스라쳐 고개를 돌렸다. 바람이 풀과 만나는 소리, 내 발의 움직임으로 인한 서걱거림만 풀숲 사이로 퍼졌다. 다시 고개를 약간 뒤로 돌렸다. 까만 물체가 조금 전 같이 거리를 두고 따라오고 있었다. 유지된 거리와 부피감 없는 형체에 곁눈질을 계속했다. 그것은 풀 위에 납작하게 드리워졌는데 형태가 모호했다. 그것에서 눈을 떼지 않고 지그재그로 걸었다. 그것도 지그재그로 따라왔다. 양팔을 벌린 채 걸었다. 그것도 양팔을 벌린 채 따라왔다. 그것은 나의 움직임을 쫓았다. 그림자였다. 그러나 확신은 무리였다. 다섯 걸음 정도 떨어진 까만 실루엣은 아무리 봐도 챙이 넓은 모자 아래 풍성한 블라우스와 발목까지 오는 에이치라인 치마였다. 더 아래로 구두를 신었는지 맨발인지 풀숲만 어지럽게 흔들렸다. 가슴이 쿵쾅거리고 다리가 바들거렸지만 멈추지 않았다. 귀가 먹먹할 정도로 빨리 걸었다.

땀에 젖은 셔츠와 바지가 몸을 옥죄었다. 몇 걸음만 더 가면 전나무 숲이었다. 나무들은 키가 크고 무리를 지어서 터널처럼 컴컴한 공간을 만들고 있었다. 첫발을 들여놓으며 뒤를 돌아봤다. 숲으로 가는 내 발걸음 따라 그것이 아랫부분부터 없어지기 시작했다. 숲 안으로 완전히 들어서 뒤를 돌아봤다. 그것이 보이지 않았다. 내 그림자가 틀림없었다. 쓸쓸함이 몰려왔고 나를 짓누르는 것이 나라는 생각에 씁쓸했다. 천천히 걸었다. 바람이 청명하게 얼굴을 쓸었고 몸을 말려주었다. 달빛이 간간이 숲 사이로 파고들었지만 나무는 나무이고 달빛은 달빛이었다. 무엇이든 확실한 게 좋아. 이 숲처럼, 저 산처럼 분명하다면 세상 걱정이 반으로 줄 거야. 숲이 있고 바람이 있고 달빛이 있다고 생각하니 걸을 만했다. 약간 설레는 기분이 되었고 알 수 없는 가락이 입에서 흘러나왔다.

홍얼거림도 끊어지고 지쳐올 무렵, 달빛이 환하게 전방을 비추었다. 숲이 끝나고 있었다. 심호흡을 하고 뒤를 돌아봤다. 무언가 저만치서 모습을 드러내기 시작했다. 내 그림자가 아니었다. 줄달음쳤다. 물소리가 들렸다. 소리가 나는 쪽으로 뛰었다. 달빛을 받은 강물이 은빛 비늘처럼 반짝거렸다. 발아래서 물이 찰박였다. 강줄기는 커다란 물고기 한 마리가 드러누워 있는 형국이었다. 삐걱대는 소리가 멀지 않은 곳에서 들려왔다. 작은 배가 어렴풋이 보였다. 강기슭에 가까이 가자 달빛 때문인지 낡고 아련해 보이는 배가 물결에 까닥거리고 있었다. 발이 닿는 순간 사라질 것 같았다. 분명치 않은 실체가 따라붙는 이곳에서 벗어나려면 배를 타야 했다. 황급히 배에 올라 노를 찾아 더듬었다. 가슴께에 무언가 부딪혔다. 소스라쳐 허공을 움켜잡았다. 끈이었다. 거미줄에 비할 만큼 가늘고, 낡은 삼줄 같은 것이 허공에 떠 있었다. 조금만 힘을 주어 당기면 끊어질 것 같지만 선택의 여지가 없었다. 살그머니 끈을 잡아당겼다. 배가 꼼짝하지 않았다. 팔을 뻗어서 힘을 다해 당겼다. 배가 흔들렸다. 더 멀리 잡고 당겼다. 배가 앞으로 조금 나아갔다. 아슴푸레한 저편을 보면서 끈을 당겼고 배는 그만큼 나아갔다. 나아간 만큼 끈을 당겼고 배는 그만큼 움직였다. 그러는 사이 배가 강중간을 가로질렀다. 주위를 둘러보았다. 내 그림자가 아닌 그것은 보이지 않았고 달빛에 걸린 끈만 한 뼘 시야에 잡혔다. 당긴 끈을 잡기 위해 손을 뻗어 움켜쥐었다. 허공이었다. 다른 한 손이 어둠을 더듬었다. 엉겁결에 두 손이 허공에서 허우적거렸다. 배가 기다렸다는 듯이 물살을 따라 떠내려갔다. 강물 소리가 커졌고 달빛을 받은 수면이 희끗희끗했다. 그것이 언제까지고 따라붙지 못할 거라는 생각이 들었다. 홀가분하다고 느낀 순간 사느란 기운이 전신을 휘감았다. 수만 컷의 사진처럼 반짝이는 까만 수면 위에 아이들의 지난날이 또렷또렷하게 떠 있다. 가슴이 빠개진다.

우리 아이들 덕에 이것들이 이리 푸르구나.

두 개의 조그마한 봉분에 웃자란 풀이 바람 부는 대로 일렁인다. 쓰다듬고 또 쓰다듬는다. 햇살 속 연두색이 맑기도 하네.

오 년 전 그날, 내 아이들도 저랬지. 그때 내가 문밖으로 나가지 않았더라면……. 아아, 문밖으로 나가기 전과 나간 후의 불가해함을 누구에게 말하며 탓할 것인지. 엄마, 맛있는 거 많이 사 와, 통닭도.

이모가 병이 나아 집에 놀러 왔다는 사실에 아이들과 나는 들떠 있었다. 양손에 커다란 봉지를 들고 현관 앞에 도착했을 때도 꿈만 같았다. 얘들아, 문 열어 봐라. 햇살에 부신 현관 유리문을 밀고 들어서자…… 엎어져 있던 두 아이…… 창문 아래 피투성이로…… 거기…… 버려진 붉은 칼이…… 남편이 낚시 갈 때 가져가는 회칼 중 하나였다니. 결국…… 마주했구나, 그때를!

신경정신과 의사는 차마 의식이 그때를 떠올리지 못해

꿈으로 무한 복제되고 있다고 내게 말하지 못했다. 문득 문득 돌이킬 수 없는 지점으로 맥락 없이 흘러가버리곤 하는 의식은 잠이 들어도 무의식의 경계가 허물어지면서 경악하며 눈을 뜨곤 했다. 공황장애가 흔하다 하였으나 눈을 감아도 떠도, 모진 그 형용들을 더는 감당할 수가 없다.

범인, 그놈으로 인해 임신 중절 수술을 해야 했던 동생은, 병원에서 삼 년을 친정에서 육 개월을 지내다가 나들이 온 동생은, 불쑥 제 속에서 솟구치는 범인한테 또 잡아채였다. 분노와 절망을 무력화시키느라 다듬어왔던 시간들이 한순간에 폭발된 거라 할 뿐이었다. 그 길로 쓰러진 엄마는 요양소에서, 동생은 다시 시 외곽의 병원에서, 남편은 어디선가 세월의 강을 건너고 있다.

범인은 그냥 산을 올랐다고 진술했다. 빨간 지붕이 눈에 띄어서 갔고, 이어폰을 꽂고 고개를 연신 끄덕이는 동생의 뒷모습을 창가에서 보았다고 했다. 한동안 펜션이 조용해서 현관문 손잡이를 잡았고, 문이 열린 순간 제정신이 아니었다고, 그 뒤는 생각나지 않는다고 상습 성폭행범답게 히죽 웃었다. 남편은 오열했다. 낚시하러 가자는 말을 자기가 꺼냈기 때문이라고. 하지만 강에 가고 싶지 않다는 동생을 내가 데리고 갔더라면, 아니, 친정 식구

들을 빨간 지붕의 펜션으로 데리고 가지 않았더라면, 그
날 그 시각, 그놈이 그 산에 오르지 않았더라면, 애초에
빨간 지붕이 없었더라면, 그 산이 없었더라면, 강이 없었
더라면. 끝없는 소급의 무게…… 나에겐 감당할 길이 없
다. 한가로운 새 울음소리, 어디서 들려오나. 숲을 둘러
본다. 풍경이 돈다. 구를 것만 같아서 주저앉는다. 큰 새
가 날아올랐는가, 날갯짓 소리가 크다. 하늘은 쩽 소리가
날 듯 맑고, 새는 날아오르고, 건너편 산은 분홍과 연두
가 번지고 있다. 미풍이 살갗을 스친다. 거짓 같다. 이편
과 저편 사이가 투명하여 단번에 건널 것만 같은 이 화창
이 거짓 같다. 몇 밤이 지났는지, 몇 날이 밝아왔는지, 너
른 강을 건너온 듯하다. 어쩌랴. 눈을 감는다. 강물 소리
가 몸 안에 가득하다.

발바닥에 퍼즐 조각들이 닿자 쭈뼛, 머리카락이 선다. 제각각의 굴곡과 색깔을 가진 손톱만 한 조각들이 상아색 책상 위에도 빼곡히 널려 있다. 나라콘다, 다크 세이버, 달리마, 세로인 메이지……. 책상 옆에 놓인 5단 책꽂이 역시 칸마다 기괴한 색상의 요괴 형상과 이름이 박힌 퍼즐 상자가 툭툭 튀어나와 있다. 머리가 터질 듯해 딸아이의 귀에 꽂힌 이어폰을 빼 내동댕이치며 꽥 소리를 질렀다. 벌떡 일어난 딸아이가 나를 밀쳐내고 천장이 쏟아져라 제 방문을 닫았다. 눈을 질끈 감고 닫힌 방문 앞에서 딸아이의 고함을 듣다가, 가쁜 숨을 몰아쉬며 바지 주머니에 손을 찔러 넣는데 무언가 잡힌다. 더듬어 보니 퍼즐 조각이다. 움켜쥔 채 돌아선다.

아파트 입구의 마지막 계단을 내려서는데 어깨를 누르

는 무게가 만만찮다. 11층에서 내려오는 동안 몰랐던 무
게다. 이대로 가다간 몸뚱어리 어느 한 곳이 삐끗하고 말
것 같다. 필요한 것만 챙긴다고 그 와중에도 신경을 썼는
데 홧김에 막 집어넣었나. 그럼, 이 무게가 내 화의 무게
란 말인가. 오랜만에 나서는 길이 결국 이런 연유라니. 콧
마루가 짠해 와 고개가 절로 숙여진다. 투박하고 낡은 신
발이 눈에 들어온다. 이만하면 나선 길이 그리 두렵지만
은 않겠다.

팔 년 전, 동생과 이레 동안의 미국 여행에서 편안함이
입증된 단화이다. 광고 영상 편집 일을 하는 동생은 가
끔 외국 출장을 갔다. 하나밖에 없는 우리 언니 이번에는
꼭 데려가고 싶다고 진작부터 말했었다. 아이들은 친정
어머니의 도움을 받기로 미리 얘기되어 있어서 문제가 없
었다. 하지만 문제는 남편이었다. 동생이 형부, 형부 하며
조르다가 나중에는 제 남편까지 동원해서 허락을 받아
낸, 나로서는 평생 있을 수 없는 여행이었다. 물론 항공료
의 절반 값이 동생 주머니에서 나가는 것도 톡톡히 한몫
했을 것이다. 배낭을 메고 신장 문을 열었을 때 계절에 어
울리지 않은 검정 통가죽 신발이지만 자연스레 손이 간
것도 그 때문이다. 살갗을 스치는 오월의 바람이 훈훈하
다. 아파트 단지 정문을 나가기도 전에 가벼운 느낌인 밝

은색 단화가 마음 한구석에 떠오른다. 하지만 신발을 바꿔 신자고 다시 돌아설 만큼 여유로운 외출이 아니다. 뒤범벅으로 똬리를 튼 감정이 턱밑까지 북받쳐 올라와 발길을 재촉하고 있다. 내 아이 또래 학생 몇 명이 버스 정류장에 서 있다. 배낭을 끌어안고 정류장 플라스틱 의자에 앉자 도로 건너에 늘어선 은행나무가 햇발 아래 푸르러 눈부시다. 그 너머 단정히 전지된 사철나무 울타리 안쪽 높다란 아파트 창마다 맑은 고요가 잠겨 있다. 변함없는 풍경이다. 민망스러워지며 허허한 바람이 가슴팍으로 스며든다.

어느새 눈가가 젖었다. 재빨리 손수건을 꺼내 눈자위를 꾹꾹 누른다. 한 손을 가슴에 대고 북받쳐오는 감정을 애써 다독인다.

그곳에 가려면 버스를 두 번 갈아타야 했다. 결혼하기 전 가끔 찾던 곳. 삶이 버겁고 힘겨울 때, 쉬엄쉬엄 올라갔던 곳. 바람기로 생을 탕진하는 아버지 때문에 자신의 생을 진저리 치던 친정어머니. 어머니의 간헐적으로 내퍼붓는 한탄조의 지청구를 한바탕 겪고 나면 곧장 도망갔던 곳, K시 외곽 산 정상에 자리한 기도원.

배낭을 꾸리면서 줄곧 그곳을 생각했다. 갈 데라고 딱히 집히는 데도 없었지만 혼자이고 싶었다. 눈물이 저항

없이 고인다. 먼 곳을 응시하다 지친 듯 슬그머니 고개를 돌린다. 앉았던 사람들이 일어서고 서 있던 사람들이 인도 끝으로 우르르 몰려간다. 반사적으로 나도 일어섰다. 목적지를 향한 버스가 오고 있었다.

얼마나 달렸을까. 활기차고 분주한 차창 밖의 풍경에 어느 먼 고장으로 와버린 것 같다. 안내 방송에서 언젠가 와 본 적이 있는 유명한 시장 도로임을 알려준다. 버스 정면에 부착된 동그란 시계 바늘이 한창 바쁜 시간을 가리키고 있다. 퇴근길, 저녁 준비로 장을 보는 사람들. 그들의 움직임이 설핏 지는 햇발에 눈부시다. 밥통에 밥이 얼마나 있었지. 기억이 나지 않는다. 가끔 외출할 때면 으레 밥통을 확인하고, 아이들이 때를 거르지 않도록 조치를 해두고 나오는데 오늘은 그냥 나왔다. 에라, 확인한들 무엇 하리. 쌀을 안쳐놓고 나오면 나오는 의미가 있나. 잘 잊었다. 결국, 여기까지 온 것이다. 마흔을 앞두고.

도시의 경계를 벗어난 버스는 낯익은 풍경 속을 달리고 있다. 같은 형태인 건물들, 비슷한 문구인 간판들. 은행, 마트, 이어지는 옷집, 쇼핑몰. 시내는 어디나 복제된 형상이다. 안내 방송 따라 승객들이 한 무리 내리고 탔다. 반복되는 배경에 반복되는 동작들. 체화된 틀에 갇힌 몸짓이리. 노선도를 본다. 갈 길이 멀다. 내려서 산 쪽으로 가는 마을버스를 갈아타야 하는데 차창에는 벌써 붉은 기운이 시들해지고 있다. 달리는 버스의 지속적인 흔들림에 언제까지고 몸을 맡기고 싶다. 슬그머니 눈이 감긴다.

어제저녁, 화를 참지 못한 남편은 주먹 쥔 손을 부르르 떨다가 내 머리카락을 거머쥐고 흔들며 쥐어박았다. 그 순간 맞은편 화장대 거울에서 친정어머니의 모습이 보였다. 나는 거울에 눈길을 붙박은 채 헝클어진 머리를 고갯짓으로 바로 했다. 이제는 마주 봐야 했다. 보기 싫은 것일수록 마주해야 한다고 거울을 보며 생각했다. 잠깐 정적이 흘렀고 남편의 격한 어조가 다시 왕왕 울렸다.

"그래, 내가 뭘 잘못했어? 그럼, 아들한테 말도 못 해? 내 맘대로 말도 못 하냐고. 말할 때마다 너에게 허락받고 말할까? 쟤가 뭐라고 하는 줄 알아? 과잉보호한다고 그래. 왜 자꾸 내 말을 자르는 거야. 너, 이게 벌써 몇 번째인지 알아?"

나는 가슴이 떨려왔지만, 그가 모르는 속말을 이번만은 하겠다고 다짐했다.

"그럼 나는, 당신이 아들하고 이야기하고 있으면 난⋯⋯ 난 말 못 해? 안 그러겠다고 했어도 그렇지, 지금은 상황이 다르잖아. 왜 내 말을 다 듣지 않고 아이에게 가서 그래?"

앙칼진 내 목소리에 남편은 멈칫했다.

"……너 이야기 듣고 걱정이 돼서 아들한테 가서 물었다. 왜 밥을 안 먹었느냐고. 내가 뭐 나쁜 말 했니?"

이렇게 하찮은 것 때문이 아니라고 생각했다. 그러나 하찮은 한순간이 살아온 세월을 휘발시키는 것이다.

"너, 날 참 비참하게 만드는구나."

남편은 이를 물고 부르르 떨며 내 얼굴에 대고 씹어뱉듯 말했다.

순간, 딸아이가 맞추다 둔 작은 상 위 퍼즐 조각이 떠올랐다. 흩어져 있는 것들, 상자에 담겨 있는 조각들, 조각들은 틀린 것이 아니라 어긋나 있는 것, 자리를 잡지 못한 것들이었다. 그림이 되려면 우린 멀었고 그도 나도 비켜나야 했다. 하지만 나만 비켜나면 되었다. 지금까지 그래 왔던 것처럼. 이 꼬부장한 생의 조각들을 내가 배열할 수 있는 날은 없다. 나는 입을 다물었고 남편은 기고만장했다.

"너도 알다시피 내가 재를 잡아먹을까, 아침마다 학교까지 태워다줘, 필요하다는 거 다 해줘…… 먹고 싶다는 거 다 사줘."

남편은 일주일에 한두 번 새벽시장에 간다. 차로 이십분 정도의 거리이다. 때론 내가 주문한 채소도 있지만 대체로 제철의 횟거리와 해산물을 잘 사 왔다. 문어는 마트의 반값인데 살아 있었고 어떨 땐 금방 죽은 것을 덤으로 얻어 오기도 했다. 가을엔 전어를, 겨울엔 굴을, 이른 봄까지는 낚시로 잡은 자연산 숭어를 사 와 회를 떴다. 물론 손질도 썰어 내는 것도 남편이 직접 했다. 아이들은 싱싱한 해산물로 식사를 하고 등교했다. 스포츠용품으로 자영업을 하는 남편의 출근 시간은 아침 10시다. 8시면 학교 부근까지 차로 아이들을 데려다주었고 퇴근길엔 아이들의 전화를 받은 대로 문방구로 마트로 들러서 수업 준비물이나 간식거리를 사 왔다. 접촉사고 후 운전대를 잡지 못하는 나로선 할 수 없는 부지런함이다. 그럼에도 꼭 집어낼 수 없는 불안이 가슴을 답답하게 눌렀다.

어제, 아들은 학교에서 돌아오는 길에 친구들과 사 먹은 간식이 소화가 안 돼서 속이 안 좋다고 현관을 나가며 말했다. 킥복싱 도장을 가는 길이었다. 그럼, 갔다 와서 먹도록 하자며 나는 뜨던 국을 솥에 도로 쏟아 부었다. 때로 식사를 못 할 수도 있지, 생각하면서도 왠지 아들의 말이 매몰찬 거절로 느껴져 국솥을 휘젓고 있었다.

"엄마, 그거 어디 갔어?"

언제 제 방에서 나왔는지 딸아이의 날 선 목소리가 들렸다. 중학생이 되고부터 방문을 꼭 걸어 잠그던 딸아이는 갈수록 혼자 있는 시간이 길어졌다. 한 살 위인 오빠라 그런지 대하는 행동이나 말투가 초등학생 때와는 판이했는데 식사도 오빠와 따로 했다. 오빠를 동년배 이상으로 대하는 것 같지 않았다. 이들 사이에 중간 역할은 말그대로 신경전이었다. 그것은 내게도 마찬가지였다.

"뭐?"

"퍼즐 마무리하는 풀."

"아, 그거 버렸어."

"그걸 왜 버려, 아직 다 붙지도 않았는데. 여기 봐, 중앙에 다 떨어지잖아."

앵돌아진 딸아이 목소리가 거실을 울렸다. 나는 할 말이 있었지만, 아이의 태도를 한마디로 무지를 말이 떠오르지 않아 입을 다물었다. 아이는 계속 목소리를 높여 말했다.

내용인즉, 500조각인 퍼즐을 맞추느라 몇 날이 걸렸는데 풀을 제 허락 없이 버려서 작품을 다 망치게 되었다는 것이다. 나는 심장이 뛰었다. 액자에 넣겠다며 풀칠해서 거실에 둔 지가 달포도 더 된 것 같아서 낮에 청소기를 돌리다가 퍼즐이 놓인 상을 한쪽 벽면으로 옮겼고, 풀이 조금 남은 튜브를 버렸던 것이다. 나는 베란다의 수거함을 뒤져서 상 위의 원래 위치에다 그것을 갖다 놓았다. 성난 남편과 빼닮은 얼굴인 딸아이가 퍼즐판에 튜브를 쥐어짜며 명제인 듯 말했다.

"엄마는 항상 이런 식이야. 도대체 생각이 없다니까."

천공 저쪽은 아직도 대낮의 잔영이 남아 연분홍빛인데 스쳐 가는 눈앞 풍경엔 먹빛이 빠르게 풀어지고 있다. 꿈에 본 길 같기도 하고 언젠가 걸었던 길 같기도 하다. 꿈과 현실의 경계가 모호한 데서 오는 허무적 기분에 이제야 홀로 먼 곳까지 왔다는 야릇한 안도감이 뒤섞여 가슴이 멍하다. 노선도를 보니 여섯 정거장만 가면 될 것 같다. 옆자리에 놓아둔 배낭을 들어본다. 역시 묵직하다.

네온사인으로 이어진 도롯가 풍경이 일제히 화려해졌다. 불빛들은 잠시도 가만히 있지 않다. 현란한 빛깔인 불덩이가 켜졌다 꺼졌다 올라갔다 내려갔다 오른쪽으로 흐르는가 싶더니 왼쪽으로 흐른다. 간판들이 저렇게 요동치니 저것은 필시 유혹이다. 유혹이라도 단단한 유혹이다. 이럴 땐 차라리 저런 불덩이 같은 유혹에라도 빠져버렸으면. 하지만 그것도 멋모를 때 이야기다. 유혹의 기본이 베일의 작용 아닌가. 나에게 가려진 것은 무엇인가. 결국, 두 종류인 생명체, 각기 다른 성의 부대낌일 뿐이겠다.

강렬하게 고동치는 도시 너머 검은 산의 완만한 윤곽
이 보였다 사라지기를 반복했다. 기도원에 가려면 산성으
로 가는 마을버스로 제법 산길을 돌아 오른 다음 삼십 분
은 족히 걸어 들어가야 한다. 그곳까지 오가는 차가 기도
원에도 있겠지만, 나만을 위해 부를 수 없는 노릇 아닌가.
갑자기 갈 곳이 없어지고 만 당혹감이 슬며시 밀려든다.
어쩐다. 집을 나설 때 계획대로라면 씩씩대며 올라가야
하지만 저 산속을 어찌 혼자 걷겠는지. 이렇게 되면 버스
를 계속 타고 갈 이유가 있나. 한 정거장이라도 덜 가서
내려야 할 것 같다. 어디로 가지? 약간의 걱정거리가 생겼
다. 나올 때부터 예상했던 상황이 결국 닥쳤고 시간상 이
럴 것 같기도 해서 마음 한편으론 변경이 있을 수 있다고
생각했다. 그러니 이 길은 내 멋대로다. 버스는 일정한 간
격으로 안내방송을 하고 내리는 사람만 있다. 나도 이번
에 내려야겠다.

팔차선 도로 건너편은 현란한 네온이 불야성을 이루는
반면 이쪽은 지하철 고가 다리로 그늘이 져 어두침침했
다. 인적 없는 길을 드문드문 떠 있는 가로등 불빛에 기대
어 걸을 수밖에. 친구가 다닌 대학이 길 건너 있었고 부근
에 지하철 역사가 있었는데. 좀 더 가야 하나. 아, 배낭 무
게가 만만찮다. 뒷짐을 지듯 두 팔로 배낭을 받쳐본다. 한

결 가볍다. 엉거주춤한 자세가 마음에 안 들기는 해도 누가 보는 것도 아니니 어때. 아니, 본들 어떠리. 자식도 남편도 안 맞아 집 나온 여자가 무슨 남의 눈을 상관한단 말인가. 사통팔달로 길이 깔린 지하철 역사를 찾는 게 우선이겠다.

덮칠 듯 달려와 멀어지는 자동차들. 귓속으로 파고드는 질주의 굉음에, 크고 작은 헤드라이트 불빛에 정신이 없다. 아무래도 내린 곳이 어중간한 위치였나. 등줄기가 후끈 달아오른다.

제법 오래 걸은 것 같다. 휘어진 보도 끝에 노르스름한 불빛을 안은 제법 큰 건물이 우뚝하다. 저 건물이 지하철 역사? 예전 역사 자리가 확실해 보인다. 다리에 힘이 풀린다. 바닥으로부터 미세한 울림이 느껴지자 지하철 진동이 머리 위로 와락 쏟아진다. 순간, 검은 물체가 눈앞에 나타났다. 철커덕철커덕철커덕. 바퀴들이 심장 위를 구른다. 검은 물체는 시커먼 벙거지를 쓴 남자였다. 역사의 불빛만 보며 가는데 남자가 걸음을 이쪽으로 옮기는 바람에 느닷없이 나타나 보였다. 전신이 얼어붙는 듯했지만 남자 어깨에 두툼한 배낭끈이 보였다. 지나치며 묘한 기분이 스친다. 같은 차림을 하고 같은 길 위에 있는, 시공간을 통한 공감일 리는 만무하고 미처 보지 못한 남자의 날카로운 시선이 연이어 떠올라 막연한 두려움이 섬광처럼 다가왔다. 어깨를 짓누른 배낭으로 등이 따끔거렸다. 허리에 힘을 잔뜩 주고 걷다가 슬그머니 돌아봤다. 남자의 배낭이 기우뚱거리며 멀어지고 있다. 허리가 꺾인다. 그러고 보니 늦은 아침밥 한 숟가락 외엔 먹은 게 없다. 어제저녁부터 입맛이 뚝 떨어졌다. 오늘 저녁이나마 애들과 함께 먹을까 했는데. 역사에 들어서자 매점이 보인다.

한산하기 그지없어 사는 행위조차 어색할 정도다. 어쩐다, 허기를 느끼다니. 내 속 내용물들이 이제야 제 위치를 찾아가는 건지, 하지만 아직도 한바탕 악다구니를 품고 있다.

낮에 딸아이에게서 생각지도 못할 소리를 들었다. 삼년째 퍼즐 세트를 사 모으는 아이 방은 항상 퍼즐 조각이 뒹굴었다. 학교에서 막 돌아온 아이 방에 노크를 하다가, 이름을 부르다가, 문을 연 나는 바닥에 널브러진 퍼즐들을 발로 밀치며 책상 앞으로 갔다. 퍼즐판에 머리를 박고 앉아 있는 아이 귀에서 이어폰을 빼 내동댕이치고 고음 섞인 한마디를 던졌다. 발딱 일어선 아이는 몸으로 나를 밀어내고 눈앞에서 세차게 방문을 닫더니, 엄마가 그 모양이니까 아빠가 엄마한테 그러지, 괜히 그럴까 봐. 방문 너머 모가 나서 갈라지는 딸아이 목소리가 들렸다.

배낭을 꾸리기 시작했고 최대한 이성적인 상태에서 집을 벗어나고자 애썼다. 아이 말에 기가 막혔지만 그에 대한 노여움은 없었다. 남편이 그동안 나에게 한 행동들과 아이들에게 보여진 모양새가 떠올랐고 명치에서 그를 향한 뜨거운 비명이 치밀었다. 민망했다. 자식들 앞에서 더 이상 민망함은 허락할 수 없다고, 없어야 한다고 줄곧 생각하며 배낭을 꾸렸다.

어디론가 목적을 정해야 하는데 감정이 제 마음대로 뻗쳐나고 있다. 횡설수설하던 마음 끝에 며칠 전 시어머니와의 전화 통화가 떠오른다. 애들 아범과 곧 갈게요. 장사하는데 와지겠니, 시간 안 되면 오지 마라. 아니에요, 늦더라도 가야죠. 가게 한다고 늘 미뤄지고 말았던 시댁행이다. 혼자 불쑥 가는 것이 마뜩잖지만 시어머니께 간다고 해두었으니 그리 느닷없지는 않을 것이다. 친정은 생각조차 하기 싫고 지금 상황으로선 차라리 시댁행이 더 타당하겠다. 먹자골목에서 요기한 후 오늘 밤만 해결하고 아침 일찍 나서야겠다. 연세가 있으시니 솔직히 다 말해버릴 수 없는 일이긴 해도 상황을 봐 얘기할 것이다. 혼자가 되신 지 몇 년 됐으나 일주일에 두세 번 노인정도 가시고 의료기 체험장에서 친구들을 사귀며 지내신다. 홀로 적적할 수도 있는 시간을 잘 보내어 다행이다. 하지만 그분께 딱히 무어라 말할 수 없는 원망도 손톱의 거스러미처럼 있다. 그것은 당신으로서도 어찌할 수 없는 것임을 알지만 부모이기에 돌아가는 원망이겠다. 나에 대한 남편의 이기적인 욕구를 생각하면 태평한 삶을 누리는 그의 부모가 미워지는 것이다. 이참저참 시댁행이 최선이겠다.

플랫폼에 내려서자 막 빠져나간 열차의 여운이 낯선 바람으로 휘돌고 있다. 전광판 시계가 8:45를 표시했다. 여기저기 커다란 광고판에 사이버틱한 이미지가 눈에 띈다. 이질적이다. 벤치에 배낭을 내려놓고 앉는다. 강행군이었다. 몇 킬로그램인지, 이만한 배낭 무게는 처음이다. 이 시간까지 타지에서 홀로 타고 걷는 것 또한 결혼 후 처음이다. 그동안 잘 살아온 것일까. 잘 살아낸 것일까. 몇 년 전 남편과 친척 행사에 갔다 오며 역에서 노숙자들을 봤다. 용도를 다한 낡은 포대자루가 땅바닥에 매 박힌 듯, 제 몫의 생에 버려진, 그들은 나와 다를까? 달라 그리되었을까? 배낭 하나 메고 나와서 하루 이틀 거리에서 보내다 보면 그리되지 않을까. 마음 놓아버리면 어디선들 눈 붙이지 못할까.

인기척에 돌아보니 누군가 계단을 내려오고 있다. 걸음걸이가 금방이라도 넘어질 듯 불안해 보인다. 무릎이 툭 튀어나온 면바지에 휘주근한 잠바를 받쳐 입은 남자다. 여기서 봐도 보통 취한 것 같지 않다. 이 도시는 벌써 잠들었나. 건너편에도 사람이 보이지 않는다. 전철을 타려는 사람은 저 남자뿐인가. 저 남자, 계속 이쪽으로 오면, 와서 내 옆에 앉으면……. 남편이 옆에 없으니 사람이 다가와도 신경 쓰이는 것은 밤이어서 그런가, 여자여서 그런가. 눈을 간잔지런하게 뜬 남자가 이쪽으로 오다가 비칠대더니 부근에 있는 벤치에 털썩 앉는다. 남자와 나 사이에 띄엄띄엄 벤치 두 개가 있다. 다행이다.

남편은 나에게 사랑한다고 말한다. 개수대에서 설거지할 때, 돌아서서 식탁을 닦을 때, 방바닥을 닦을 때 그의 손은 언제인지 나의 허벅지와 엉덩이를 쓰다듬고 있고 살을 슬몃슬몃 건드리며 칭얼대듯 말한다. 너 아니면 집이 되어가나, 너 없는 집은 집이 아니지. 사랑해, 라고. 학교에서 아이들이 돌아오기 한 시간 전쯤에 전화벨이 울린다. 애들은 왔나. 사랑해. 윤기 도는 목소리로 전화를 끊는다. 딸각. 그 소리는 또 하나의 폐쇄적 소리다. 철컥. 현관문 잠그는 소리와 흡사하다. 남편은 도어록이 아닐 때, 직접 문을 잠궜다. 아이들을 등교시킨 후 그는 여유롭게 나를 탐하고 출근한다. 현관문이 닫히고 벽과 문이 맞물려서 잠기는 금속성 소리. 그 소리를 안에서 듣는 순간엔

목청껏 소리를 내지르고 싶다. 큼큼, 복도를 울리는 남편의 콧소리. 불거진 배를 하고 거칠 것 없는 화장걸음으로 엘리베이터를 타는 기척에 곧바로 현관문을 열었다가 문짝이 부서져라 닫곤 했다. 어쩌다 바깥 모임이 있을 때면 영락없이 문자메시지가 들어온다. 어디야. 잘 놀다 조심해서 들어가. 지금 전화벨도 문자메시지 도착 소리도 없다. 전원이 꺼진 휴대폰을 배낭 밑, 바닥에 두었다. 밑바닥. 남편은 자꾸 나의 밑바닥을 보려 했다.

벤치에 앉은 남자가 맥없이 머리를 흔들며 슬쩍슬쩍 이쪽을 본다. 잠깐 눈이 마주치자 드러내놓고 나를 보고 있다. 남편이 곁에 있었다면…… 저렇게 보았을까. 남자의 옆모습에 남편 얼굴이 겹쳐진다. 코웃음이 나온다. 남자가 벌떡 일어섰다. 깜짝 놀라 눈길을 정면으로 향한다. 따르르르릉. 지금 도착할 열차는. 안내 방송이 울리자 건조한 공기가 일시에 출렁인다. 남자가 근드렁대며 이쪽으로 오는가 싶더니 철로 난간 쪽으로 다가간다. 나도 간격을 두고 천천히 일어선다.

40분 남짓 열차를 타고 도착한 곳은 생각 밖에 썰렁하다. 현란함이 밀집했던 지하상가도, 극장 앞의 떠밀려 다니는 분위기도 온데간데없다. 먹자골목도 노점들이 다 들어가 버린 상태다. 경기가 안 좋다는 사람들의 말을 눈으로 확인하는 순간이다. 다문다문 떠 있는 먹거리 리어카 불빛만 찬란하다. 호떡 하나를 서서 먹고 식당이 즐비했던 곳으로 기억을 더듬어 걷는다. 한때 우리나라 최고의 포목점과 각종 도매상이 밀집해 있던 곳을 지나 도로 건너 깡통시장은 언제나 박작거리며 북새통을 이루었고 그 끝에 시댁이 있다. 마침내 골목길로 접어들자 사위가 어둑하다. 상점들은 셔터가 모두 내려져 있고 저만치 불빛 몇 개가 골목을 깊숙이 비추고 있다. 길 끝, 건너편은 시어머니가 계신 곳이다. 먹물에 잠긴 것 같다. 순간, 둔기로 맞은 듯 정수리에 스파크가 일었다. 비로소 의식의 심연 위로 솟은 저곳. 저곳엔 시어머니가 안 계신다. 그럼…… 어디…… 어디 계시지. 어디로 가신 걸까. 갑자기 머릿속이 하얘진다. 지난 명절, 설과 추석 때 우리는 어디로 간 것일까. 정신이 어디로 빠져나갔는지 아무런 생각이 떠오르지 않는다. 어둑한 골목 중간에서 건너편 암흑을 마주한 채 서 있으려니 조급해진다. 또 다른 절망에 빠져들까 빨리빨리 기억을 소급해본다.

이 길을 홀로 출퇴근하던 때가 있었다. 아침 출근길을 더듬어본다. 퇴근길을 더듬어간다. 아! 사 년 전, 시아버님이 돌아가신 후 이사를 하셨다. 누군가 임대로 쓰고 있는 지금 가게 이층으로. 근처에 아주버님 댁도 있어 이곳을 정리하고 가신 것이다. 늘 남편 차로 오가서일까, 결혼 후 잠깐 직장을 홀로 출퇴근했던 그 길만이 선명했다. 방향을 돌려 왔던 길로 발걸음을 재촉한다. 갑자기 요의가 밀려온다.

지하도 화장실에 들어서자 흐억흐억, 누가 구토를 하는지 듣기 거북한 소리가 요란하다. 밭은 숨소리가 이어진다. 들리는 위급한 소리 따라 화장실 칸막이 문을 급히 열어젖혔다. 악취로 버무려진 훈기가 와락 달려든다. 꼭 껴안고 있는 그들은 매달린 채 엉긴 넝마 주머니 같기도 하고 잿빛 곤충의 교미 같기도 하다. 돌아서 있는 남자의 어깻숨을 따라 여자 머리통이 까딱거린다. 덩이진 까만 머리카락이 여자의 이마에 착 달라붙어 있다. 얼굴만 보이는 여자는 입술을 뒤틀며 살가운 웃음을 짓다가 멈춘다. 눈빛이 당장 손을 뻗어 내 목덜미를 거머쥘 것 같다. 황망한 걸음으로 화장실을 나온다. 재빨리 매표소로 향한다.

"너, 너. 해주 아니야?"

시댁이 코앞이라 지하도 계단을 급히 오르는데 스트라이프 정장을 한 제이가 웃으며 내려오고 있다. 가지런한 치아가 환하다. 그가 이 도시에 살고 있음이 떠올랐다.

"응…… 그래. …… 여전하구나."

하필 이런 상황에 만나다니. 얼굴이 달아오르는 것을 느꼈으나 무시하기로 마음먹었다. 늘 보던 사람인 듯, 그가 스스럼없이 다가와 예의 매력적인 톤으로 너야말로 여전하네, 한다. 두 손을 바지 주머니에 넣느라 그런지 몸을 약간 흔들었다.

"여전하긴."

여전하다고는 했지만 세월의 간극을 무엇으로 메우리. 여전하다는 나의 말은 2년 전 처음 참석한 대학 과 동창 모임을 두고 하는 말이다. 그도 역시 그때 봤던 내 모습을 두고 말했을 것이다. 그는 한때 연극배우였다. 한창 잘 나갈 때는 시에서 주최하는 연극제에서 신인상을 받더니 그 이듬해 남우주연상도 받았다. 나도 스태프로 치다꺼리하며 그가 있어 즐거웠다. 아마 그때 가장 맑은 웃음을 짓지 않았나 싶다. 그는 곧 시의원인 아버지의 강권으로 진로를 바꾸었고, 진작부터 모 건설회사를 운영하며 굵직굵직한 건설 사업을 한다고 동창 모임에서 들었다.

"어디 가느라고."

"한 며칠 휴가 받아 나온 몸이야."

나는 배낭 무게를 의식하며 말했다.

"야, 난 또. 네 남편 대단하네."

"대단하긴…… 나, 정기적으로 휴가 나와."

"그래? 정기적 휴가라……. 바람직하게 사네."

제이가 유쾌하게 고개를 끄덕였다. 그는 내가 남편과 스포츠용품을 운영하는 줄 알고 있었다. 표정과 달리 겉돌 게 빤한 대화라 빨리 자리를 뜨고 싶다.

"다음에 보자."

나는 손을 들어 보이고 돌아섰다. 묵직한 통증이 가슴께를 통과했다. 지상을 향해 몇 걸음 올라갔을 때 그가 내 이름을 불렀다. 그냥 갈까? 돌아볼까? 돌아보지 않으면 그에게 좋지 않은 상상의 여지를 남겨둘 것 같았다. 뒤돌아섰다.

"급한 길 아니면 잠시 같이 있다 가, 다음에 보자가 뭐야."

그가 한달음에 달려와 내 팔을 잡는다. 웃는 얼굴로 나의 팔을 잡은 제이의 소매 끝을 잡아 살며시 내렸다. 얼마 걷지 않아 그는 카페인지 주점인지 모호한 실내에 나를 앉혔다. 쓰러지듯 제이가 옆에 앉는다. 낯선 향기가 허공에서 머뭇거린다. 그의 어깨 실루엣이 내 옆에서 우람하다고 느껴지며 피곤이 한꺼번에 몰려온다. 아내와 애들은 물 건너가 있다고 제이가 묻지 않은 말을 한다. 물 건너 어디, 하려다 만다. 마실 것과 앙증맞은 모양새의 요리가 테이블에 놓이자 제이가 잔을 들었다.

"마셔봐. 설마 먹지도 못할 걸 시켰겠니? 예전에 네가 먹던 거야."

이곳에 들어오며 묻지도 않고 무언가를 주문한 것에 내가 의구심이라도 품은 줄 아는 모양이다. 연극 연습을 마치고 모두 헤어지고 나서도 그와 캠퍼스 언덕을 오르내리며 어디론가 붙어 다니곤 했다. 그때 명분을 붙여 가끔 마셨던 칵테일이었다. 자동차 점검이 있어서 지하철을 이용하려다 만난 거라지만 제이는 나를 기다린 것만 같다. 잔을 든다.

셜리 템플이 요요한 조명에 늪 같다. 서서히 몸 안으로 흘러드는 액체가 피곤함을 깨운다. 그는 친구였고 지금도 친구다. 친구의 어깨에 기댄다. 뜻하지 않게 만났고 하루쯤 함께 보내도 괜찮을 것 같다. 좀 더 느긋하게 그에게 기댄다. 제이는 한쪽 팔로 내 목덜미를 받쳐주었고 다른 손으로 자신의 잔을 들고 마셨다. 슬며시 눈이 감긴다. 하지만 무슨 말을 해야 할 것 같다. 창밖 먼 데서 흔들리는 불빛을 실눈을 하고 바라보다 다시 감는다. 보이지 않지만 제이는 아까와 달리 표정이 굳어진 것 같다. 어색한 침묵이 그렇다. 뜨거운 그의 호흡이 목덜미에 감긴다. 그는 지금 나를 바라보고 있다. 눈동자는 흔들리고 있겠지.

흔들리는 눈동자 속으로 나를 던지고 싶다. 그때처럼 나를 기다리는 걸까. 양쪽 집안의 가세가 너무 차이 나는 것을 먼저 안 나는 그때 그에게 적극적이지 못했다. 그런 나를 그가 알았는지 모르겠지만 내 마음이 완전히 열리기를 기다려주었다. 그러나 그에게 다가가지 못하는 진짜 이유는 따로 있었다. 내 마음, 이제 와 이렇게 열리다니. 나는 제이 쪽으로 몸을 틀었다. 흔들리는 눈빛으로 그가 나를 보고 있다.

"나, 그만 가봐야겠어."

나는 테이블을 밀치고 그를 빠져나왔다. 급히 나오느라 배낭이 그의 어딘가를 쳤는지 모르겠다. 하지만 침침한 계단 중간에서 멈추었다. 내 어깨를 잡은 그가 거기서 오래도록 내 입술을 탐했다. 몸에서 힘이 빠져나갔다.

택시를 타고 달린 지 얼마나 됐을까. 제이의 한마디에 알 수 없는 장소에 내렸다. 적막을 품은 가로등 불빛이 엔진 소리에 파르르 떠는 듯했다. 빈 택시가 쏜살같이 어둠 쪽으로 사라지자 그가 내 허리를 힘껏 당겼고 다른 손으로 허공을 가리켰다. 손가락 끝에 검은 바다에 떠 있는 방주처럼 금빛 테를 두르고 있는 건물이 있었다. 불빛은 버스에서 보았던 것처럼 번쩍거렸다. 어릴 적, 아버지와 밖에서 보낸 일박도 저렇게 현란한 불빛을 통과한 곳이었다. 그 빛이 선명하게 지금 나를 관통한다. 그가 나를 이끌고 객실로 들어섰다.

"우리, 조금만 있다 가자."

나를 두고 들어간 욕실에서 곧 물소리가 들려왔다.

객실의 베란다 창에 어둠이 진득하게 들러붙어 있다. 산이 가로막고 있는지, 들이 펼쳐졌는지, 강이 흐르는지 분간할 수가 없다. 어쩌면 내가 원하던 순간인지 모르겠다. 그런데 저쪽에 보이는 것이 무엇인지. 마주 보이는 먹빛 창에 그녀 모습이 또렷하다. 화장실에서 살을 섞던 그녀. 그녀는 온통 그 일에만 집중한 걸까. 그 웃음은, 눈빛은, 나를 조롱한 걸까. 그녀…… 굴종만은 아닌 것 같았다. 남편의 몸은 내 몸이 언제나 준비되어 있기를 원했다.

슬그머니 다가와 집요하게 요구하는 만큼 그의 몸은 자신이 누릴 것만 챙겼다. 내 몸보다 먼저 느끼고 먼저 끝을 맺는 그의 몸은 십몇 년을 지나오면서도 도무지 내 몸에 대해 아는 것이 없었다. 오로지 자신의 몸만이 몸일 뿐이었다. 그것은 그의 몸이 내 몸을 원할 때 받아주지 않으면 더욱 확실했다. 결국, 온 식구가 불안에 떨게 되는 것이다.

어제저녁 남편은 나와 이야기하는 도중에 아들의 방문을 벌컥 열고는 왜 밥을 안 먹었느냐며 고각함성을 질러

댔다. 생각이 깊은 아들은 느닷없는 질문에 대답을 더듬었고 내가 대신 대답했다. 그때 내 맥박은 아마 사맥이었을 것이다. 남편은 아들 대신 내가 대답한 것에 분노했다. 아니, 전날 그의 몸을 거절했음에 대해 계고장처럼 심기를 드러냈다. 나는 그의 몸을 모른 척하기로 마음먹었다. 그의 몸이 내 몸을 모르듯이……. 그러나…… 허깨비 같은…… 낯익은…… 남편보다 더 강퍅한 얼굴을 결국 마주하고 말았다. 성숙지 못한 남편이라고 그의 몸 아래서 온갖 방법으로 그를 추락시킬 상상을 품던 얼굴이 아닌가. 불만으로 조성된, 긴장을 반란으로 해소할 꿈을 꾸는 몸가짐은 삶을 흉내만 낸 것 아닌가.

논리와 지성과 상식을 동원하여 나는 남편을 용납하지 않았다. 굴종으로 인한 공생을 유지해 왔던 것이다. 늘 부재중이던 아버지. 어머니의 입으로 전해 들었던 아버지는 남편이 다가올 때마다 중첩되어 떠올랐다. 그것은 처음이자 마지막으로 부녀가 함께 외출했던, 어머니도 까맣게 모르는 여섯 살의 기억에 존재하는 아버지 모습이다. 몸 어딘가에 있는 점처럼 그날이 내게 남아 있다.

새카만 승용차를 몰고 다니던 아버지는 그날 친구들을 만나야 한다며 환한 공휴일 낮부터 외출 준비를 했다. 거울 앞에서 주홍빛 넥타이를 매느라 턱을 치켜든 채 너도 갈래? 하고 아버지는 나에게 물었고 어머니는 반색하며 당장 나를 예쁜 인형으로 만들어주었다. 그렇게 따라나선 길은 신기하였다. 처음 보는 아저씨들과 요리집도 가고 다방이란 곳도 갔다. 여자의 비음 섞인 웃음소리와 규칙적인 진동에 눈을 떴을 때 한 여자의 허벅지를 베고 있었고 아버지는 승용차 앞자리에서 호방한 목소리로 무슨 말인가 하고 있었다. 여자가 간드러진 웃음소리를 냈고 아버지가 따라 웃었다. 차창 밖이 깜깜했다. 잠결에도 집으로 가는 길이 아님을 알았다. 엄마가 생각났지만 자는 척했고, 영롱한 아치형 불빛 아래로 엄마보다 훨씬 젊고 예쁜 여자에게 눈을 감은 인형처럼 안겨 통과했다.

세 사람은 낯선 방에 나란히 누웠다. 나는 창 쪽 여자 옆에 뉘어졌다. 치명적인 배반일수록 자연스럽게 찾아오는 것임을 그날 밤 목격했다. 나는 아버지에게 하나의 소품이었던 것이다. 환한 얼굴로 원피스를 입혀주던, 아버지와의 외출을 배웅해주던 어머니와 내가 처한 상황을 곱씹으며 차가운 눈물을 삼켰다. 언제, 누구에게든지 배반당할 수 있다는 것을 푸르스름한 창문을 올려다보며 몸에 새겼다.

검은 거울에 슬픈 얼굴이 떠 있다. 어머니처럼 살지 않으리라 다짐하며 자국걸음으로 산을 오르던 그때, 하찮은 생이라고 어머니와 서로 홀대하던 그때, 생의 보잘것 없음에 몸서리치며 내 생의 권위를, 당위를 어디서 찾을 것인지 도무지 알 수 없었다. 그냥 사는 것이라고, 살 수 밖에 없다고, 기꺼이 모든 것을 잃어버려 주겠노라고 했었다. 제이에게서 그렇게 떠났었다.

한때는 내 생의 이면에도 살아볼 만한 무엇이 있을 거라고 기대한 적이 있다. 누구에게든 인정받고 싶었다. 어머니의 중매와 강권으로 결혼했을 때, 결혼을 분기점으로 반전이 일어날 수도 있다고 생각했다. 남편의 삶에 대한 적극적인 태도로 더욱 그러했다. 하지만 그는 갈수록 독재적이었다. 명령조인 말투에 반역을 생각한 적은 없었지만 언제부턴가 일방적으로 나의 몸을 품을 때, 서슴없는 강압으로 알 수 없는 체위를 유도할 때 나는 입술을 앙다물어야 했다. 그런 후, 모로 돌아누운 그에게 들려오는 코 고는 소리란, 낯모르는 여자와 한방에 누운 그 밤, 아버지에게서 들었던 소음이었다. 소리 없는 한숨만 토했다.

아버지가 그랬던 것처럼 남편도 낯선 여자를 품을 것만 같고 그렇게 홀연히 남편과 아이들이 떠나는 상상으로 밤을 새우다가 내가 남편에게 하룻밤 낙籤인 여자로 전락하고 만 것 같았다. 지상에서 남편이 영원히 부재하기를 꿈꿨다. 밑바닥. 누구도 모르는 밑바닥이 이것이다.

이 공간에 들어서며 주춤거렸다. 아이 때문이다. 낯선 여자와 아버지를 지켜본 그 아이는 나에게서 분리되지 못하고 여전히 나를 통제해왔다. 아버지가 나를 인정하지 않은 것처럼, 모욕으로 대했듯이 떨쳐버리고 싶다. 제이와 함께 침대에 오른다면 떨칠 수 있을까. 헝클어진 퍼즐 조각들이 자리 잡듯 제이로 인해 모든 게, 아니 이 복잡한 감정이나마 정리될까. 이곳까지 오는 동안 제이의 기다란 손가락이 내 손을 깍지 끼고 있었다. 나의 겉옷을 헤집었고 맨살 어딘가 그의 손이 닿자 감각들이 일제히 곤두섰다. 따뜻했다. 차창의 아득한 어둠을 응시한 채 그에게 몸을 맡겼다. 제이, 나를 가져봐. 느닷없는 소리가 가슴에서 울렸다. 어느 사이 그의 목덜미 아래였다. 그는 나의 머리를 쓰다듬고 이마에, 속눈썹에, 볼에, 코에, 귓가에 뜨거운 입술을 찍었다. 호흡을 빼앗듯 내 입술을 빨았다.

눈을 감자 아이가 일그러진 표정으로 노려본다. 어서 여기서 나가기를 종용하는 얼굴이다. 하지만 남편의 품에 있을 때도 같은 표정이었지 않은가. 경멸로 일그러진 저 얼굴을 마주할 때마다 아내도 모르는 인간이라고 남편을 생의 실패자로 낙인찍고 멸시를 품었다.

뜨거운 것이 뺨을 타고 흐른다. 재킷 양쪽 호주머니를 뒤진다. 바지 주머니를 더듬는다. 손수건은 없고 퍼즐 조각 하나가 잡혀 나온다.

딸아이는 국그릇과 밥그릇 사이에 퍼즐판을 펼쳐 놓았다. 학원에 가야 할 시간이 이미 지나고 있었다. 가슴이 화끈거렸고 식탁 모서리에 외따로 있던 조각 하나를 집어 주머니에 넣었다. 딸아이는 찾느라 헤맸을 것이다. 퍼즐 조각 테두리가 손가락 끝에 울퉁불퉁 만져진다. 이어폰을 꽂고 퍼즐에 몰입해 있는 딸아이, 말수가 별로 없는 아들이 망막에 잡힐 듯하다. 내 몫의 조각은 내가 거머쥐고 있다. 불규칙적인 테두리를 가진 퍼즐이지만 문제를 풀 듯 놓아가면 될 것이었다. 맥락없어 보이는 조각을 바지 주머니에 넣는다, 샤워기에서 쏟아지는 물소리가 아득하다. 당신에게 머물 순 없어. 안녕, 제이. 소리 없이 문을 연다. 조도 낮은 불빛이 복도에 가득하다.

엘리베이터를 타자 곧 딩동, 1층을 알리는 소리가 이곳의 순간을 마침표 찍은 듯하다. 샹들리에와 건물 밖 불빛이 섞여 어슴푸레한 빛깔을 띤 유리문을 민다. 금빛 테를 두른 건물에서 뿜어져 나오는 네온 잔광 끝 저편에 어둠이 거대한 짐승처럼 웅크리고 있다. 뜻밖의 냉기와 낯섦에 화들짝 몸이 놀란다. 배낭 밑바닥에 둔 휴대폰이 떠오르지만 걸음을 뗀다. 주먹만 한 별들이 머리 위에 총총하다.

작가의 말

소설집의 교정 원고가 우편으로 집에 도착했을 때 어머니와 병원에 있었다. 어머니 코에 꼽힌 삽입관으로 음식과 약을 시간에 맞춰 넣고 부어오른 몸을 닦아드리며, 평생 부려온 노구 벗으시는 과정을 지켜봤다. 과정은 다행히 계속되는 잠 속에서 이루어졌지만 때때로 힘겨워하실 때 곤욕스러웠다. 그러나 어떤 상황이든 어머니와 생활할 거라는 마음, 그러한 계획도 가슴 한켠에 자리했다.

순례의 마지막 지점에 닿으신 듯 짐작되나 상황은 알 수 없고, 현실은 우선순위가 따르기 마련이었다. 이제야 어머니 등짐 벗으시고 자유롭게, 순전하게 마주할까. 얼마 남지 않은 시간이지만 맏딸의 마음을, 손길을 온전히 받으실 어머니와의 생활이 짚어졌다.

교정 원고가 떠올랐다. 예정대로 출간되지 못할 수도 있었다. 어쩌면 글을 못 쓸 수도 있었다. 어머니와의 생활에 적응하느라 나의 일정들이 휘발될 것이었다.

깊은 잠에 드신 어머니. 숨결이 깊고 거칠었다.

나에게 글은 무엇인가. 나의 글은 무엇인가. 신의 은총이 선행되어져야 가능한 질문이었다. 무엇이든 아무것도 아닐 수 있고 진정한 한 문장을 썼다 한들 헛물 한 모금 들이켠 꼴이 될 수 있었다. 그렇게 내 글의 본질은 아무것도 아닌 것이다. 무언가 하고 있는 것 같고 실제 하고 있지만, 인간아, 너는 흙이니 흙으로 돌아가리라, 말씀만 살아 펄떡이는 현실이었다.

어머니가 소천하시고 얼마간 시간이 흘렀다. 교정 원고를 펼쳤다. 허망한 행위였다. 그럼에도 지난 시간이 와락 달려들었다.

지난여름과 가을, 그 계절을 건너며 한 순간도 두근거리지 않은 때가 없었다. 짐짓 아무렇지도 않은 척했지만 말 그대로 아무렇지 않은 척일 뿐이었다.

고등학교 3학년, 겨울에 원고지 육십 매 정도의 동화를 단숨에 써서 신춘문예에 투고한 적이 있다. 생전 처음 써본 긴 글에 기대하지 않았지만 얼마간 겪은 그때의 느낌을 지난여름과 가을에 겪었다.

하나의 이야기를 시작할 때 나와 끝 마쳤을 때 나는 달랐다. 나의 다른 면을 발견했고 달라져 있는 자신을 느낀,

그런 설렘이었다.

어린 아이가 장난감을 쌓고 허물기를 반복한다. 쌓을
때 허물 것을 생각지 않는다. 신의 은총이고 섭리의 한 부
분이다. 종내에는 흙으로 돌아갈 몸짓이고 음성이지만
(어린 아이에겐 너무 과한 비약이긴 하다.) 왜 그래야만 하냐고
그랬어야만 하냐고, 소설 속 인물에게 묻고 또 물었다. 투
쟁했다. 그리고 문장을 받아 적었다.

승자 없는 투쟁. 무엇도 거머쥘 것 없는 투쟁이었다. 결
국 저마다의 길을 가겠지만 가는 동안 묻고 답하며 가는
것이다.

그렇게 나는 쓴다.

아픈 이들이 많다.

대신 아플 순 없지만 아팠다고 대신 말할 수 있겠다. 이
또한 신이 허락하여야 할 수 있다. 매번 백지 앞에서 진
땀을 뺐으나 가슴에 각인된 그녀, 그의 상처를 모른 척할
수 없었다. 그녀와 그의 이야기는 수많은 그녀와 그의 생
이자 하나의 음성이다.

낭만은 사라졌다. 진작 알아버린 생의 부조리와 어설프
고 낯선 언어와의 싸움, 치열한 공방만이 남았다. 요원하

지만 갈 길인 것이다.

 여기까지 인도해주시고 지켜봐주신 분들이 많다. 머리
숙여 감사의 마음을 올려드린다.
 신춘문예를 통해 계속 써도 된다고 소설 쓰는 길을 열
어주시고, 용기와 격려를 주신 유익서 선생님, 황국명 선
생님. 어린아이가 밤길을 나선 듯, 무모하고 오리무중인
소설의 길을 당근과 채찍으로 이끌어주신 이채형 선생님,
제 살을 깎아 먹는 듯한 고난의 길임에도, 실명 위기에 있
던 자가 일시적이지만 개안이 된 듯한 기쁨을, 그 기쁨 위
에 시련을, 더 넓고 깊은 소설적 안목을 가지는 고통을
안겨 주신 엄창석 선생님, 권지예 선생님, 이평재 선생님.
 각자 소설의 세계를 펼쳐 나가고 있는 문우들께 머리
숙여 감사드린다.
 소설로 인해 고유한 빛깔을 품으신 선생님들과 순연
한 자유를 가진 문우들을 만났다. 이보다 더한 행운이
있을까.
 그리고 가족들. 옆에서 하염없이 지켜주는 벗이며 이
행성의 순례자, 당신과 석이, 린이, 민이, 서하가 자기의
길을 열심히 인내하며 닦아가니 나는 큰 복을 가진 자,
깊은 은혜를 누리는 자이다. 허망과 결부된 자이지만 혼

합시키지 않고 허망을 파악하고 걸러내게 하신 하나님께
감사드린다.

오늘도 막막하지만
그래서 기대되는 백지가 앞에 놓여 있다.
2021년 겨울, 남해에서.

수록작품 발표지면

누름꽃 2020년 〈경남신문〉 신춘문예 당선작

녹색 침대가 놓인 갤러리 미발표작

나를 보내는 숲 2020년 계간 『동리목월』 겨울호

마라톤은 즐거워 2021년 『김해문학』

빗속을, 지나는 미발표작

그 밤에 강물이 반짝인 이유는 2021년 『경남소설』

퍼즐 2012년 오월문학상 가작(전남대)

녹색 침대가 놓인 갤러리

초판 1쇄 발행 2021년 12월 14일

지은이 이경미
펴낸이 강수걸
기획실장 이수현
편집장 권경옥
편집 신지은 김리연 윤소희 오해은 강나래
디자인 권문경 조은비
경영지원 공여진
펴낸곳 산지니
등록 2005년 2월 7일 제333-3370000251002005000001호
주소 부산시 해운대구 수영강변대로 140 BCC 613호
전화 051-504-7070 | 팩스 051-507-7543
홈페이지 www.sanzinibook.com
전자우편 sanzini@sanzinibook.com
블로그 sanzinibook.tistory.com

ISBN 978-89-6545-769-5 03810

＊ 이 책은 경남문화예술진흥원의 문화예술지원을 보조받아 발간되었습니다.